残念な情熱

KANO NARUSE

成瀬かの

CHOCOLAT BUNKO

ILLUSTRATION 雨澄ノカ

CONTENTS

真昼の電車は空《す》いている。

　中身などろくに入っていないビジネスバッグを隣の席に置き、黒橡《くろつるばみ》葵竜《きりゅう》は小さな溜息《ためいき》をついた。きっちり締《し》めていたネクタイを緩《ゆる》め、生気《せいき》のない目をそれぞれに時を過ごしている乗客たちに向ける。

　ベビーカーの中でむずかる赤ん坊、不機嫌そうな顔で目を瞑《つぶ》っているおばちゃん、パンパンに膨《ふく》れた鞄《かばん》の中を覗き込んでいるサラリーマン。

　サラリーマンの革《かわ》の鞄は、随分《ずいぶん》くたびれていた。営業にでも行くのだろうか。毎日あんな大荷物を持って移動するなんてたまらないだろうなと、葵竜はぼんやり思う。

　冴えない中年男。

　だが、ちゃんと仕事がある。

　葵竜は唇を歪《ゆが》め己《おのれ》を嗤《わら》った。

　最近では、スーツ姿のサラリーマンを目にするだけで劣等感を覚える。

　失業してもう半年。今日受けてきた面接もイマイチだった。多分、色よい返事は来ない。

　大学を卒業してまだ二年なのに、もう二回も転職しているとなれば面接官の目も厳しくなる。仕方ないとは思うが、貯金が尽き掛けている。早く次の仕事を見つけねばまずい。

「は――……」

アナウンスが駅への到着を告げる。葵竜はビジネスバッグを小脇に抱えて電車を降りると、コンビニで遅い昼飯と履歴書《りれきしょ》を買った。

憂鬱《ゆううつ》な気分で歩いていると、携帯が鳴る。

『こんにちは、黒橡さん』

闊達《かったつ》な女性の声に、沈んでいた葵竜の表情が明るくなった。最初に勤めた会社で知り合った友人からの電話だ。

「木崎《きざき》さん？　どうした。何かあったのか？」

『別に何もないけど、今日面接だったんでしょ？　どうだった？』

数日前に何気なくメールの末尾に書いた言葉を、木崎は覚えていてくれたらしい。

「あー、気にしてくれてたのか、ありがとう」

いい返答を聞かせてやりたかったが、嘘はつけなかった。言葉を濁《にご》すと察したのか、木崎がじゃあさと話題を変える。

『これから行っていいかな？　アップルパイ焼いたの。いっぱいあるから、持って行くよ』

葵竜が落ち込んでいると思ったのだろう。自分の事だけでも大変だろうに元気づけてくれようとする気持ちが嬉しい。

財布が寂しい現在、手料理の差し入れは助かる。だが葵竜は断った。

「前とは違って家が遠くなったのに、大変だろう？　面接はまだこれからもあるんだし、気持ちだけ受け取っておくよ」

『色々助けてもらっているんだから、遠慮《えんりょ》なんかしなくていいのに。でも——そっか。じゃあ、またの機会に、ね』

ぷつりと通話が切れ、葵竜は青空を見上げる。

葵竜は人の世話を焼くのは好きだが、焼かれるのは苦手だった。優しくされればされる程、関係が壊れた時が痛いからだ。

葵竜は晩秋《ばんしゅう》とは思えないうららかな陽射《ひざ》しを浴び歩いてゆく。やがて、学生時代から住んでいるアパートに大きなトラックが横付けされているのが見えてきた。

「ん？　この時期に引っ越しか？」

揃いのキャップを被《かぶ》った男たちが次々に荷物を運び出してゆく。ああ今トラックに運び込まれた椅子《いす》、自分のと似ているな——などと考えながら外階段を上りかけ、葵竜は気が付いた。

似ているんじゃない。あれは、俺のだ。

葵竜の部屋は二階の階段から一番近い位置にある。手狭《てぜま》ではあるが居心地《いごこち》のいい我が家。

その扉が大きく開け放たれ、葵竜の家財が運び出されてゆく。

「——泥棒か？」

葵竜は、慌てて階段を駆け上がった。

「おい、何してる」

「あらお帰りなさい、黒橡さん」

おっとりとした声と共に、扉の脇に立っていた中年女性が振り向く。

喉元まで出掛かっていた悪罵《あくば》を葵竜はとっさに呑《の》み込んだ。彼女はこのアパートの大家だ。

「大家さん？　これは一体どういう事なんですか」

まずい、と思いながら葵竜は言葉を改める。

多分、部屋の鍵を開けたのはこの大家だ。

こんな事をされる心当たりはあった。

——葵竜は家賃を滞納《たいのう》している。

「退去の立ち会いよ。ちょうどよかった、黒橡さん、持っている鍵も返してちょうだい」

やっぱり。

無駄だろうと思いつつ、葵竜は足掻《あが》く。

「待ってください、退去なんてそんな強引な――」

「いいからおとなしく帰ってきなよ」

不意に聞こえてきた聞き覚えのある声に、葵竜は瞬《またた》いた。

「――え？」

開いた扉によって作られた死角から、青年が姿を現す。

男なのにふんわりとした雰囲気がある美人だ。少し垂れた目元に色気がある。

キャメルのピーコートに包まれた体躯《たいく》はほっそりとしており、Vネックニットの襟元から覗く鎖骨《さこつ》が濃い影を落としていた。

「京雅《きょうが》……？」

葵竜は思わず一歩後退《あとずさ》る。

「久しぶりだね、葵竜」

京雅は三歳年上の従兄弟《いとこ》だ。

大学を卒業した後は葵竜の父の下で働いており、これまでにも何度か父の代理としてこのアパートに来ていた。この男が現れるとろくな事がない。

葵竜は目を眇《すが》め、京雅の様子を窺《うかが》った。

「京雅、なぜあんたがここにいる。これは一体どういう事なんだ？」

警戒する葵竜に京雅ははんなりと微笑《ほほえ》んだ。

「葵竜、家賃滞納してるんだって？」

それだけで事情を察し、葵竜はむっつりと唇を引き結ぶ。

きっと、保証人である父に請求が回ったのだろう。

何度か督促《とくそく》は受けていたがやんわりとしたものだったし、再就職したら必ず払うと話したら納得した風だったので油断した。

「失業したって話を聞いた大先生《おおせんせい》が心配してね、うちに帰ってきた方がいいだろうって事になったんだよ」

「だからってこんなの、乱暴すぎる」

「葵竜」

新たに聞こえてきた声に、葵竜の躯《からだ》がびくりと跳ねる。

これは――――この声は――――。

恐る恐る振り向くと、背の高い男が階段を上ってきたところだった。

和服の上に黒のインバネスコートを羽織っている。

きりりと引き結ばれた薄い唇に細い鼻梁《びりょう》。端正《たんせい》に整った理知的な顔立ち。

「太獅《たいし》、兄さん……」

葵竜が思わず漏《も》らした呟きに、太獅は眉を顰《ひそ》めた。

兄と呼ばれるのも不快だと言わんばかりの態度に心が竦《すく》む。だがここで折れるという事は家に帰るという事だ。

葵竜はきっと顔を引き締めた。氷のように冷たい太獅の眼差《まなざ》しが葵竜に突き刺さる。

「文句を言える立場だと思っているのか、葵竜。他人様《ひとさま》に迷惑をかけて。おまえは黒橡流の名に泥を塗るつもりか」

黒橡、黒橡、黒橡。

その名は呪詛《じゅそ》のように葵竜についてまわる。

葵竜は深呼吸した。

「俺はもう黒橡の家を出たんだ。関係ない」

「屁理屈をこねるな。おまえは大先生の子なんだぞ。おまえがこんな馬鹿をやったと知れれば、大先生の名折《なお》れになる」

「息子に甘い顔をしない立派な親だと思う人もいるんじゃないか」

「黙れ。これ以上おまえが恥を晒《さら》すのを、見過ごすつもりはない。おまえは私たちと一緒に帰るんだ」

「そんなに黒橡の名前が大事なのかよ」

太獅は溜息をついた。

「大事でない訳がないだろう。葵竜、これ以上手間をかけさせるな」

「手間なんてかけなきゃいいだろ。父さんには逃げられたとでも言えばいい。仕事が決まったら連絡するから、それまで放っておけよ」

「家賃すら払えない窮状《きゅうじょう》に陥《おちい》っているくせに何を言っている。どうやって生活する気だ」

「しばらく泊めてくれる友達くらいいる」

「友達だと？　どんな友達だ」

低い美声に、空気がぴんと張りつめる。

二人のやりとりを黙って眺めていた京雅が妙に不安そうに尋ねた。

「あの、ねえ、葵竜。本当はそれ、友達じゃなくて恋人、なんて事はないよね？」

葵竜は奥歯を噛みしめる。

もし恋人だったらなんだって言うんだ？

葵竜に恋人と言えるような相手などいない。だが交友関係にまで口出しする気なのかと思ったら頭に血が上った。

「あんたらには関係ないだろ」

不遜《ふそん》な態度に太獅の目が据《す》わる。

「——なに？」

凄まじい怒気《どき》に思わず後退ってしまった葵竜の腕に、京雅がするりと腕を絡めた。

「とにかく一度帰ろう、葵竜。言いたい事があるなら大先生に直接言えばいい。太獅兄さんの車がそこに停めてあるから、乗って」

葵竜は辺りを見回し唇を引き結んだ。

唯一の出入り口である階段は太獅の躯で塞がれている。この二人は、どうあっても葵竜を逃がす気はないらしい。

葵竜は太獅を見つめた。

あんたは、俺が黒橡に戻ってもいいのか？

つかつかと近付いてきた太獅が葵竜の腕を掴む。強引に車へと連れてゆかれそうになり、葵竜は足を踏ん張った。

「ちょ……っ、待てよ」

「葵竜！」

「ちょっとでいいから、待てって」

腕の力が緩むと葵竜は大家を振り返った。

「今までお世話になりました」

深々と頭を下げると、大家が少し気まずそうに微笑む。

「元気でね」

太獅が階段を下りてゆく靴音がリズミカルに耳朶《じだ》を打つ。葵竜も続いて下り、アパートの敷地から出た。まだ積み込みをしているトラックに背を向け、近くのパーキングに止められていた太獅の車に乗り込む。

＋　＋　＋

葵竜《きりゅう》の実家――黒橡《くろつるばみ》の屋敷は大きい。

山茶花《さざんか》の生け垣で囲まれた広い敷地には、常に風雅《ふうが》な箏《こと》や三味線《しゃみせん》の音色が流れている。広大な母屋《おもや》と手入れの行き届いた庭の向こうには竹林《ちくりん》があり、その中に埋もれるように離れと呼ばれる古い建物が存在する。

黒橡の当主は代々箏曲《そうきょく》の一派、黒橡流の家元《いえもと》となるのが習わしだ。――いや違う、家元となれるだけの力量があるものが、当主になれるのだ。

今は葵竜の父が黒椽の家元で、大先生と皆に呼ばれていた。

黒椽の一族の者は当たり前のように箏と三味線《しゃみせん》を習わされ、そのまま名取《なとり》となる者も多い。

葵竜もまた箏の音を聞いて育った。家元の子という事もあり、大学進学で家を出るまではそれはもう毎日、厳しく修練させられたものだ。

葵竜は誰よりもうまくなければならなかった。立ち振る舞いも模範《もはん》となる事が求められた。だが葵竜はその期待に応える事ができなかった。

重苦しい雰囲気をたたえた大きな屋敷を一瞥《いちべつ》し、葵竜は京雅《きょうが》に促されるまま広い玄関へと踏み込む。そのまままっすぐ奥座敷へと連行される。

畳《たたみ》のにおいのする長い廊下の末に位置する襖《ふすま》を開けた途端《とたん》、いきなり父の一喝《いっかつ》を浴びせられ、葵竜は首を竦めた。

「ようやく帰ってきたか、葵竜。この親不孝者が」

父は記憶と寸分違わぬ姿で床《とこ》の間《ま》を背に座していた。落ち着いた色の着物に、白い足袋《たび》。親子の情など欠片《かけら》も見えない苛立たしげな表情に葵竜は憂鬱になる。

葵竜は父の正面に正座し、頭を下げた。

「ご無沙汰《ぶさた》しております」

「ご無沙汰しておりますではない。何をやっているんだ、おまえは。家賃を滞納していると聞いた時は、恥ずかしくて気が遠くなりそうだったぞ。なぜ他人様に迷惑をかける前に相談しない」

そんな事をしたら家に連れ戻されるに決まっているからだ――とはもちろん言わず、葵竜は再び頭を下げた。

「申し訳ありません」

父がうんざりしたような溜息をつく。

「京雅に言って、後の始末《しまつ》はつけた。念の為に聞いておくが、他に借金があったりはしないな」

「はい」

「よし。なら離れの二階を片づけさせてある。しばらくそこで暮らすといい。二月《ふたつき》後に太《た》獅《し》が若手だけの演奏会をやる。それに出る準備をしなさい」

葵竜は思わず顔を上げた。

「演奏会？　冗談ですよね？　大学に入ってから箏に触ってもいないのに」

ふん、と父は鼻を鳴らした。

「雀《すずめ》百まで踊り忘れずという言葉を知らんのか。仕事もないのだ、演奏会まで二ヶ月みっちり稽古《けいこ》できる。それだけあれば充分仕上がるだろう」

父は家元である自分の息子が演奏会に出ないなどという事が許せないのだろう。

葵竜は唇を舐《な》めた。

「ですが、就職活動もしなきゃいけませんので」

「葵竜、おまえ前の仕事を辞めてから何ヶ月経つ？」

鋭い切り返しに、葵竜は口を噤《つぐ》む。

「転職の間隔が短すぎるから失業保険も出ないと聞いた。今回も、最初から真面目《まじめ》に就職活動していたんだろう？　それなのにいまだ無職でいるおまえに、新しい就職先を見つけられるとは思えん。もう会社勤めは諦めなさい」

——悪かったな、ろくに就職もできないできそこないで。

身の裡《うち》に、ぐうっと厭《いや》な感情が膨れ上がってきた。

父は、いつだってああしろこうしろと上から押しつけてくる。葵竜がどうしたいのかなど考えもしない。

葵竜はずっと父に従わされてきた。

だがもう葵竜は何でも言いなりになる子供ではない。

「——厭です」

きっぱりと言い放つと、父は太い眉を顰めた。

「黒橡流を継ぐ気はありません。就職先が見つかったら、俺はこの屋敷から出てゆきます」

「何を言う。おまえがいなくなったら一体誰が黒橡を――」

「太獅兄さんがいるでしょう？　太獅兄さんが後を継げばいい」

葵竜は頭を巡らせ、坪庭を挟んで向かいにある座敷へと目を遣《や》った。

そこでは太獅が門下生に稽古をつけていた。

顎《あご》のラインまで伸びた髪は鴉《からす》の濡《ぬ》れ羽色《ばいろ》。もう三十路《みそじ》を越して二年が経つ太獅の目元には成熟した男の色気がある。顔立ちが端正だからお弟子《でし》さんの中にはファンもいるのだと以前京雅が言っていた。太獅は一門の皆に好かれているのだ。

それにとても優しいらしい。

手を止めて端に座る女性に自分でやってみるよう促している太獅の表情の柔らかさに、葵竜は密かに憤《いきどお》る。太獅が冷ややかにあしらうのは葵竜だけ、他の者に対してはとても当たりがいい。

「――言いたい事はそれだけか」

父はうんざりした溜息をつくと、胸の前で腕を組んだ。

「とにかく演奏会には出ろ」

「お断りです」

「ならば立て替えた家賃を今ここで払え。それができたら聞き入れてやろう」

葵竜は膝の上で握っていた拳《こぶし》に力を込めた。

金はない。

だが別に払ってくれと頼んだ訳ではないのだ。勝手に払っておいて、葵《あおい》の印籠《いんろう》のように振《ふ》り翳《かざ》されても困る。

「もし、それも厭だと言ったら」

「離れの地下で反省する事になるだろうな、おまえが」

「……っ」

提示された返答に葵竜は青ざめた。

黒橡家の離れは非常に歴史ある建物だ。つまり、古い。廊下などはぎしぎし言うし、うっかりすると床を踏み抜きそうになる。

だが建具などは最近ではなかなかお目にかかれない程上等で、隠し階段もあった。下りた先にあるのは座敷牢《ざしきろう》だ。

ご先祖様の誰が何の為にそんなものを設《しつら》えたのかまでは知らない。

だが、ごつい木の格子《こうし》の中に閉じ込められたらそうそう脱出できそうにないのは確かだった。子供の頃はよく肝試《きもだめ》しに降りていったものだが、今は危険だからと降り口に南京錠《なんきんじょう》が下ろされている。普段、お化け屋敷めいた雰囲気のある離れに近づく人はいない。一度閉じこめられてしまったら、誰も葵竜を救い出してはくれないだろう。

本当にそんな場所に実の息子を閉じこめる気なのだろうか。

ありえない、とは思えなかった。そういう非人間的な冷たさがこの家にはある。

「失礼いたします。大先生、引越業者のトラックが到着しましたが、荷物はどこに運び込んだらよろしいですか」

襖の向こうから聞こえてきた控え目な声に、ふっと張りつめていた空気が緩んだ。

「ああ、ご苦労だったな、京雅。荷物は離れの二階に上げてもらえ。演奏会まで葵竜はそこで過ごす。葵竜、一緒に行って指示を出してやりなさい」

逆らわれるとは微塵《みじん》も思っていないのだろう。平然と下される命令に、胸が軋《きし》む。

従いたくなどない。

だが現実問題として葵竜には金がなかった。虚勢を張ってみせた通り、逃げ出して友人を頼る事もできなくはないが、友人にとっては迷惑な話だろう。就職先が決まるまでこの屋敷にいた方がいいのかもしれない。

だが諾々《だくだく》と従う訳にはいかない。

葵竜は腹に力を込め、父を見据えた。

「家賃を立て替えて貰った事については感謝しています。演奏会には出ましょう。ですが、それが終わったら俺はこの屋敷を出てゆきますから」

父は何も聞こえなかったような顔で坪庭を見遣った。

葵竜は一礼し、廊下に出る。父が思い出したように呟いた。

「納戸におまえの箏がしまってある。稽古に必要だろう。それも今のうちに離れに運んでおきなさい」

葵竜は黙って襖を閉める。京雅のほっそりとした姿は既にない。引っ越し業者に指示を出しに行ったのだろう。

離れに行く前に葵竜は納戸を覗いた。隅に葵竜の箏が立てかけられている。六尺あるそれを小脇に抱え、葵竜は埃《ほこり》一つなく拭き清められている廊下を抜けた。廊下の突き当たりには、正面玄関より大分《だいぶ》小さな勝手口がある。離れに行くにはここから一旦庭に出なければならない。

葵竜は下駄をつっかけ、古びた格子戸を開けた。砂利《じゃり》を敷いた瀟洒《しょうしゃ》な庭に囲まれた母屋とは異なり、離れは竹林に埋もれるようにぽつんと建っている。

竹林の向こうに荷物を運ぶ人の姿がちらちら見える。葵竜は下駄を鳴らし、飛び石を渡った。

離れには壊れた浴室と洗面所、一階と二階に一間ずつ座敷がある。今は誰も住んでいないが、発表会前の強化合宿などに使っているので畳などは定期的に替えられており、そこそこ綺麗だ。

万が一にも傷つけてしまわないよう、葵竜はひとまず一階の縁側に箏を置いて新たな居住空間を整え始めた。

これまで住んでいたアパートも狭かったので、家財道具はそう多くない。

布団一式に折り畳み式の座卓、座布団。

クロゼットで使っていたラックやケースは押入《おしいれ》にセッティングし、ここに衣類を片づける事にする。

冷蔵庫や台所用品など、当面必要ないものは母屋に運んでもらった。あまり重いものを上げると、離れの床が抜けるおそれがあるからだ。

荷物の搬入《はんにゅう》が済み業者を帰すと、葵竜は縁側に座り込みネクタイを緩めた。二階はまだうんざりする程散らかっている。やらねばならない事はいくらでもある。

だが、と葵竜は目の前に横たわる愛用の箏へと目を遣った。

吸い寄せられるようににじり寄り、美しい曲線に掌《てのひら》を当てる。

そうするとじわじわと複雑な感情が湧き上がってきた。

かつては毎日のようにこれに触れてきた。――いや、触れさせられた。

こんなものがなければ、葵竜の子供時代はきっともっと平穏《へいおん》だった事だろう。

目を閉じれば、遠い日々が昨日の事のように思い出される。

――やだ。やだよう、離してよ。

――もうお箏なんか弾《ひ》きたくない。

――なんで？　どうしてお稽古しなくちゃいけないの？

泣いても喚いても逃げる事は許されなかった。葵竜は黒橡の子だったからだ。箏を習うのは当たり前、できなければできそこないと見なされる。

先代の家元が亡くなり父が後を継ぐと、葵竜への圧力は更に強くなった。

子供の頃の葵竜は、箏の稽古が厭で厭でたまらなかった。だが今思うに、葵竜はうるさく稽古を強いられるのが厭だっただけで、箏自体が嫌いだったわけではない。

葵竜は背筋を伸ばして正座し、箏袋を剥《む》いた。柱箱《じばこ》を箏の下に置き、弦《げん》の下に挟んであった手拭いを外す。

うららかな日差しを浴びながら緩んだ弦を締め直す。柱《じ》を立て終え、軽く舐めてから象牙の爪をつけると、葵竜は一本の弦を弾《はじ》いた。

典雅《てんが》な音が鼓膜《こまく》を震わせる。

忘れないものだなと、葵竜は苦笑する。

音叉《おんさ》を使わずとも、音がずれているのがわかった。何年も触ってなかったのに、手は何の迷いもなく柱をずらし、調弦してゆく。

最後に十三弦を一息に掻き鳴らして、葵竜は胸の奥底から息を吐き出した。

これで、いい。

「さて、どこまで覚えているか……」

指先から澄んだ音色が流れ出す。

葵竜がなんとなく選んだ曲は『さくら』だった。子供でも知っているシンプルな曲だが、箏におけるこの曲はピチカートや掻き爪などの技法で飾りたてられとても華やかだ。

時折吹く風に竹の葉が楽しげにさざめく。

指は覚えている通りに曲を奏《かな》でてくれたものの、葵竜は己《おのれ》の腕の衰《おとろ》えをまざまざと感じていた。

全然駄目だ。

形は整っているが、どこまでも神経を研《と》ぎ澄《す》ませ研鑽《けんさん》した末にようやく得られるぴんと張りつめたような感覚、あれが欠けている。ぴしっと決まっていなくて気持ち悪い。

途中で止めて、もう一度最初から真剣に弾き始める。ちょっと触るだけのつもりだったのにあっという間に箏に夢中《むちゅう》になってしまうあたり、葵竜にも確かに黒橡の血が流れている。

多分葵竜も、何事もなければ不満を抱きつつもこの世界で生きてゆく事を選んだのだろう。

稽古を重ねて、名取となって、弟子を育てて。時が止まったようなこの家で年を重ねてゆく。生まれた時から箏に囲まれていた葵竜にとっては普通のサラリーマン生活より、こちらの生き方の方がよほどわかりやすい。

でも――――だめだ。俺はここにいる訳にはいかない。

最後の音の余韻《よいん》を楽しむと、葵竜は前のめりになっていた体勢を戻した。

左手を広げて見る。大して弾いていないのに、弦を押さえていた指先は赤くなり、鈍い痛みを発していた。まるで稽古を始めたばかりの初心者の手のようだ。

もう一方の手で、葵竜はかつては石のように堅かった指先を押さえてみる。大分柔になってしまったとはいえ、葵竜の指の形は歪んでいた。まだ他の指より堅い。この指は完全に箏を忘れてしまってはいないのだ。

嬉しいのかやるせないのか、よくわからない。

そんな事を考えながらふと目を上げ、葵竜はぎくりとした。

竹林に少し入った場所に下駄をつっかけた太獅がいた。

「太獅、兄さん」

一体いつから聞いていたんだ？

葵竜は真っ赤になった。

箏なんてどうだっていいと嘯《うそぶ》いていたくせに、拙《つたな》い演奏を聴かれてしまったのが恥ずかしくてたまらない。

太獅の色の薄い唇が物言いたげに開かれる。

「葵竜、おまえは――」

だが言葉は最後まで紡がれる事なく途切れた。太獅は一瞬瞳を揺らし、唇を引き結んだ。

肩を怒らせつかつかと近付いてくる。

「押しが甘いところがあったぞ」

縁側に上がってくるなりケチを付けられ、葵竜は憮然《ぶぜん》とした。

「……仕方がないだろう。ブランクがあるんだから」

「言い訳をするな」

太獅は葵竜の後ろを通り過ぎ、一階の座敷の障子《しょうじ》を開け放つ。まだ青い畳の上に、赤みを帯びた夕刻の光が広がった。

「演奏会の事は大先生に聞いたな」

竹林へと目を遣りつつ、太獅が切り出す。

「ああ」

「今回の演奏会は、私と京雅の企画だ。何もかも若手のみで運営する。オーケストラとの共演や、創作曲の発表もする」

葵竜は目を見開いた。

思っていたより随分派手《はで》な話だった。この世界は伝統に拘《こだわ》るから、普通は演奏会と言えどもこういう奇抜な事はやらない。オーケストラが入るなんて、黒橡流始まって以来ではないだろうか。

よくそんな話が通ったなと驚くと同時に申し訳なくなった。こんな大舞台に、大先生の子だというだけで箏から離れて久しい自分が出てもいいのだろうか。

「創作曲って、誰の曲だ？」

「私が書いた。演奏には箏を二面使う。その片方を葵竜に弾いてもらう」

「え。俺なんかにそんな大役を任せていいのか？」

こめかみを冷たい汗が伝った。

太獅は葵竜を嫌っている。大事な曲を葵竜に弾かせたいと思う筈《はず》がなかった。大先生にごり押しされて仕方なく割り振ったのに違いない。

「……私の曲を弾くのは厭か」

きつい眼差しに射抜かれ、葵竜は思わず背筋を伸ばした。

——厭な訳がない。太獅は厭かもしれないが、もし許されるなら弾いてみたい。

「いや。謹《つつし》んで引き受けよう」

また何か言われるかと葵竜は緊張したが、太獅はあっさり頷いた。

「では明日から稽古だ。準備の為、明日から私もここで暮らす」

葵竜はぎょっとした。

「まだ二ヶ月もあるのにか？」

これから二ヶ月もの間、太獅と同じ建物内で寝起きする事になるのだろうか？

この辛辣《しんらつ》な男と毎日顔を突き合わせる事を考えると、胃がきゅっと縮みあがった。

「ああ。おまえに稽古をつけなければならないし、大先生に逃がさないよう、よく気をつけてくれと言われているからな」

葵竜はむっとした。

「逃げるなんて、そんな無責任な事はしない。一度やると言ったからには最後まで務め上げるつもりだ」

「そう願いたいものだ」

「俺はそんなに信用できないか？」

「逃げられた事にして見逃してくれと言われたばかりだからな。子供の頃からおまえは稽古をさぼってばかりいたし」

子供の頃の事まで引き合いに出さなくてもいいのに。

葵竜は唇を噛んだ。

弟子には優しいのに、どうして自分にだけこういう態度を取るんだろう。

「今日のうちに片付けを終えておけ。手伝いが必要なら誰か寄越す」

「いらない。後は自分でできる」

葵竜は手早く柱を外し、柱箱に収め始めた。一刻も早く太獅の傍《そば》を離れたかった。だが。

「太獅兄さん？」

肩のラインをするりと撫で下ろされ、葵竜は躯を強張《こわば》らせた。

「こんな安っぽいスーツを着るんじゃない。おまえは黒橡流の跡継ぎなんだ。……今度私がふさわしい服をあつらえてやる」

葵竜は顎を引き、自分の身を包むスーツを見下ろした。

安っぽい……か。

今日葵竜が着ていたのは、自分の給料で初めて買ったスーツだった。安いなりに気に入っていたのだが、太獅の目にはどうしようもなくみすぼらしい代物《しろもの》にしか見えないらしい。

仕方ない。スーツは仕立てるのは当たり前というのが、黒橡の人間の経済観念だ。

「金もないのにいいスーツなんか買うつもりはない」

もちろん、太獅に恵《めぐ》んでもらうつもりもない。

ふいと顔を背け、葵竜は箏を抱え上げる。ぶつけないよう気をつけながら細い階段を上り、まだ散らかっている座敷に踏み込むと、ぎしりと足の下で板が軋んだ。

箏を壁に立てかけ襖を閉めると、葵竜は大きく硝子《がらす》戸を開け放ち膝の高さにある木の窓枠に腰をかけた。

煙草《たばこ》を取り出し、火を点ける。深く煙を吸い込むと、少し気持ちが落ち着いた。

別に、スーツを貶《おとし》められたって、なんて事ない。

もう子供じゃないんだ、太獅兄さんに冷たくされたって、どうって事ない。

どうって事ない、筈なのに。

まだ震えている親指と人差し指で煙草を摘《つま》んだまま、葵竜は窓の外へと目を遣った。

太獅、兄さん――――。

伏せた瞼《まぶた》の裏に、幼い頃の思い出が蘇《よみがえ》る。


葵竜がまだほんの子供だった頃、太獅は葵竜を溺愛《できあい》していた。太獅は葵竜の父の従兄弟で、八歳も年が離れている。従甥《いとこおい》というよりは年の離れた弟のような葵竜が可愛くてならないようで、太獅は菓子を買ってやったり一緒に風呂に入ったりと、高校生男子とは思えぬ面倒見のよさを発揮《はっき》し構い倒していた。

一方で、葵竜の両親は放任もいいところだった。葵竜には普通に遊んでもらったり、面倒を見てもらったりした記憶がない。構って欲しくてまとわりつくと、忙しいのにやめてちょうだいと押しのけられる。

それなのに稽古しろとうるさく言われるのが葵竜には納得いかなかった。

――おまえは黒橡の人間なんだぞ。これくらいできなくてどうする。

――京雅君も太獅君もおまえくらいの年の頃にはもっと弾けていたぞ。どうしておまえはそうなんだ。もぞもぞしてないでちゃんと手を動かしなさい。

記憶の中、箏の前にちょこんと正座している葵竜はいつも唇を噛んでいる。

葵竜は父と差し向かいで行われる稽古が大嫌いだった。足を崩す事も許されず、息が詰まる。弦が食い込む左手が痛いのに、父はそれくらい我慢しなさいと叱るばかりで葵竜の訴えを聞いてくれない。

いやいややっているせいで、稽古は遅々として進まない。無為《むい》に過ぎる時間に父は苛立ち、年嵩《としかさ》の子たちを引き合いに出して葵竜を叱る。

どうせぼくはみんなみたいにうまくできない。

――葵竜！　いい加減にしなさい！

上の空で箏を爪弾く葵竜に、父が苛立ち立ち上がる。

わざわざ箏を回り込み迫ってくる父に、葵竜は身を竦ませた。

何――――？

ぱん、と乾いた音が響いた。

葵竜は大きく目を見開き、すぐ傍に膝を突いた父を見上げた。

おとうさんが、ぼくをぶった。

手加減したのだろう、痛みは大した事なかったがショックで、葵竜は大きな瞳いっぱいに涙を湛《たた》えた。

むっつりと唇を引き結んだ父の視線が揺れる。

きらい。

おとうさんなんか、だいきらい。

そう叫ぶなり、葵竜は座敷から飛び出した。

――待ちなさい、葵竜！

いやだ。やだ、やだ。もう、や――――！

おとうさんはぼくなんかきらいなんだ。

だからお稽古の時以外おはなしもしてくれない。

指が痛いと言っても足が痺れたと言っても、だからなんだとあしらわれる。

長い長い廊下を葵竜は走る。この広大な家の中には、葵竜の思い通りになるものなど一つもない。何をしても怒られるばかり。

――でも。

半泣きで走っていた葵竜は前をよく見ておらず、廊下に出てきた人影にぶつかってしまった。

尻餅《しりもち》をついてしまった葵竜を、優しい手が抱き上げる。

——どうしたんだ、葵竜。

葵竜は潤んだ瞳をいっぱいに開け、声の主を見つめた。

ぶつかったのは詰《つ》め襟《えり》姿の太獅だった。葵竜が泣きそうな顔をしているのに気が付き、秀麗な顔を曇らせている。

心配してくれてるんだ。そう気付いた途端、葵竜は声を上げ泣き始めた。

追いついた父は泣く我が子を宥《なだ》めようともせず声を荒げる。

——葵竜、戻りなさい。さあ早く。

ひくりと震えた葵竜の頭を、太獅が撫でた。

——待ってください。こんな状態でお稽古しても、身になりませんよ。

——甘やかしてはこの子の為にならない。子供のうちに厳しく仕込むのが親の務めだ。

——そうですが、車の用意ができてるみたいですよ。出掛けられる時間なんじゃないですか？　あとは私が練習させておきますから。

短いやりとりの後太獅の主張が通り、葵竜は泣きじゃくりながら太獅に手を引かれ元の座敷に戻った。本当に出掛ける時間が迫っていたのだろう、父はいない。

葵竜が箏の前に座ると、太獅は内緒だよと微笑んで指サックをくれた。指先を保護して弦を押せば指は痛くならない。だが父との稽古でこんなものをつけていたら、怒られるに違いなかった。

――泣かないで、葵竜。いいんだよ、誰にだってお稽古したくない日はあるんだから。

――でも、もうちょっとだけお稽古しようか。好きな曲を弾いてごらん。

優しく頭を撫でられ、葵竜はまだぐすぐすと鼻を鳴らしながら太獅の顔を見上げた。

――お稽古している曲でなくて、いいの？

――ああ、いいよ。

葵竜は箏を見つめる。父がいないならば、箏を弾くのはそう嫌な事ではない。

肩の力を抜き、何を弾こうかなと考える。

好きな、曲。

軽く腰を浮かせて、弦に爪を押し当てて。

一度深呼吸すると、葵竜は箏を弾き始めた。

太獅は事細《ことこま》かに口を出してこない。純粋に箏の演奏に熱中できる。

華やかな音が広がってゆく。だんだん気持ちが乗ってくる。

いつの間にか葵竜は、泣いた事も忘れて演奏に没頭《ぼっとう》していた。父との稽古ではもたついていた指が素早く動き、弦を弾く。

最後まで弾き終わって顔を上げると、太獅はあっけにとられたような顔をしていた。

——太獅兄さん？

——…葵竜は箏を弾くのが上手《じょうず》だな。

手放しに褒《ほ》めてもらえたのは、初めてだった。細切れに止められる事なく、最後まで弾けたのも気持ちよかった。

気をよくした葵竜はそれまでに習った様々な曲を次々と披露《ひろう》し、太獅はその全部に感心してくれた。

数少ない幼少期の幸せな思い出だ。

だが太獅との蜜月のような日々は、葵竜が十歳の時唐突に終わりを迎える。太獅が突然葵竜の前から消えてしまったのだ。

姿の見えない太獅を探し回っていた葵竜は、京雅に教えられた事実に愕然《がくぜん》とした。

——留学……？

——そうだよ。知らなかったの？

知らない。何も聞いてない。

——ええと、夏休みには帰ってくる……？

——卒業するまで帰ってこないって聞いてるけど。

葵竜はきつく唇を噛む。どうして太獅はそんな大事な事を教えてくれなかったんだろう。意地悪だと怒ろうにも相手がいない。連絡先も知らない葵竜は帰国を待つしかない。

アメリカの大学で四年を過ごし帰ってきた太獅を葵竜は親族の者たちと空港まで迎えに行ったが、そこで更に受け入れがたい現実を思い知らされる事になった。

葵竜は太獅に会えるのが楽しみで前夜ろくに眠れなかったくらいなのに、太獅は冷ややかに一瞥しただけで葵竜の前を通り過ぎた。他の親族と挨拶《あいさつ》を交わす姿を、葵竜は呆然《ぼうぜん》と見つめた。


——どうして？


太獅は掌を返したように葵竜に対して冷たくなった。

会話は必要最小限。一生懸命話しかけても、そっけなくあしらわれて終わりだ。

哀しかったが、葵竜も黒橡家の内情が理解できる年齢になりつつあった。

先代の家元は太獅の父だった。だが、先代が亡くなった時太獅は十七歳で、後を継ぐには若すぎたしそれだけの技量もなかった。

だから葵竜の父が家元を継いだ。元々同じ屋敷に住んで家元の補佐をしていたので代替わりはスムーズだったが、太獅は家を乗っ取られたように感じたに違いない。留学したのも、居心地が悪かったせいなのだろう。帰国してからは自分がこの家の主なのに、近くに部屋を借りて通ってくる。

おまけに現家元は、葵竜を跡継ぎにするつもりだった。つまり、太獅にとって葵竜は、全てを奪おうとする敵なのだ。

あるいは――。

ふっと頭の中に浮かんだもう一つの可能性を、葵竜はきつく目を瞑り否定した。

――あの事に太獅が気付く訳がない。太獅が自分を嫌うようになったのは、父が自分を跡継ぎにしようとしているせいに決まってる。

受験期を迎えた葵竜は、両親の反対を押し切り自宅からは通えない距離にある大学を受験した。稽古をしにマメに帰ってこいという命令を無視したばかりか、在学中一度も家に帰らず普通に就職して黒橡の家とは違う場所に自分の居場所を作ろうとした。

黒橡の家には二度と帰らないつもりだった。

家元を継ぐ気はないと態度で示したつもりだったのだが、太獅は相変わらず葵竜が嫌いらしい。

ポケットから携帯灰皿を取り出し、葵竜は煙草の吸《す》い殻《がら》を落とし入れる。

「いい加減、着替えるか……」

葵竜はのろのろと立ち上がると、荷物の中からジーンズと長袖のTシャツ、臙脂《えんじ》色のパーカーを取り出した。着古して色褪《いろあ》せたTシャツに挿し入れられた腕は、あの頃よりずっと長く筋肉質になっている。葵竜はもう、太獅の庇護《ひご》が必要な子供ではないのだ。

だが、太獅を慕う心はまだ葵竜の中に息づいていた。

邪険《じゃけん》に扱われるとちりちりと胸が騒ぐ。

「もういい大人なのに、何やってんだろうな、俺は」

苦く笑うと、葵竜はパーカーの襟元を引っ張り形を整えた。煙草と灰皿をポケットに戻し、片づけの続きにかかる。

+　+　+

翌朝。葵竜《きりゅう》は樺茶色《かばちゃいろ》のイージーパンツにカットソーを合わせ、薄手のカーディガンを羽織ってから階下の座敷を訪ねた。

今日から稽古漬けの日々が始まる。

太獅《たいし》は既に箏の調弦を始めていた。部屋にそれなりの大きさのボストンバッグが二つ増えている。太獅が泊まる為の諸々《もろもろ》の品が入っているのだろう。

「おはようございます。改めて本日より、よろしくお願いいたします」

きちんと正座して頭を下げると、太獅は鷹揚《おうよう》に頷き、楽譜のプリントアウトを差し出した。

「今は箏を出してこなくていい。私は午前も午後も予定が入っている。譜面《ふめん》を渡すから自分で稽古して勘を取り戻しておけ。あまり時間がないが、一回おまえのパートを弾いて聞かせておく」

「はい」

太獅が姿勢を正す。弦の上に手を翳す。

ぴんと空気が張りつめ、ビィーンと力強い低音が響いた。

昨日教え子たちに手本を見せた時とは違う真剣な顔を葵竜は見つめる。

腱《けん》の浮いた男の手が、素早く動いて弦を押さえた。軽やかで華やかな旋律《せんりつ》。美しい音の連なりが嵐のように高まってゆく。激しく掻き鳴らされる弦の音を聞いているうちに、いつの間にか葵竜は息を詰め聞き入っていた。

――すごい。

曲は音数が多くテンポも速かった。弦を弾いたり、強く押し込んで音を変えたり、太獅の左手はめまぐるしく動いている。

難易度は高いが、きちんと合わせられたらとても気持ちよさそうな曲だ。

太獅は眉間に皺《しわ》を寄せ演奏に熱中している。いつも冷ややかな太獅の表情が今はひどく情熱的に見えた。それでいてストイックさも兼ね備えた横顔に葵竜は見惚《みほ》れる。

――なんて堂に入っているんだろう。

小さい頃はよくこんな風に箏の練習をする太獅を眺めた。箏を弾く太獅の姿は絵巻物のように美しく、どれだけ眺めても飽きなかった。

ふっと感覚がおかしくなる。

遠い日々が戻ってきたような気がした。太獅が葵竜を猫可愛がりしてくれていた頃に。

葵竜は苦い笑みを浮かべる。

もうあれから十年も過ぎている。葵竜はもう大人だし、太獅は葵竜を敵視している。優しい日々はもう、戻ってはこない。

「……」

曲は徐々に穏やかになってゆく。

やがて消え入るように終わりを迎えると、太獅は、ふ、と息を吐き姿勢を戻した。額には、薄く汗が浮いている。

目があった瞬間、どくんと心臓が跳ねた。

「葵竜？」

葵竜は狼狽し、譜面に目を落とす。

「……っ、その、ブランクがある俺にこんな曲弾かせようとするなんて、太獅兄さんも父さんも無謀だな」

「もう音《ね》を上げる気か？」

氷のように冷たい声に、現実が突きつけられる。

葵竜は無理に笑みを浮かべ、首を振った。

「まさか。引き受けると言ったからにはきちんと仕上げる」

「口だけでなく態度で示せば信じてやろう」

冷ややかに吐き捨て、太獅が爪を外す。今朝は本当にこれで終わりらしい、箏を壁際に立てかけてしまう。

剥き出しの敵意が痛い。だが葵竜はもう子供ではないのだ。社会に出れば厭な事などいくらでもあるともう知っている。この程度で、一々傷ついたりはしない。

――これくらい、なんでもない。

気を取り直し、葵竜は顔を上げた。

「ところで太獅兄さんが作ったこの曲、タイトルが入ってないが、まだ決まってないのか？　何をイメージして弾けばいいんだ？」

柱を外していた太獅の指が止まった。

箏へと向けられていた視線が上がり、葵竜を捉える。唇の端が少し上がり、妙に凄みのある笑みが形作られた。

「『罪』だ」

艶《つや》のある低い声でぽつりと告げられた題名に、葵竜は瞬いた。

「罪――――？」

太獅の曲は躍動感があって明るく、『罪』などという言葉はそぐわない。

「もう行く。母屋に行くのは構わないが、外出は控えろ」

からん、と苔生《こけむ》した敷石の上で下駄が乾いた音をあげる。母屋へと遠ざかってゆく後ろ姿を、葵竜はもやもやとした気分を抱え込みながら見送った。

＋　＋　＋

午前中は太獅《たいし》との稽古に集中し、午後は自主練習、あるいは雑事の手伝いに駆り出され母屋に行くというのが葵竜《きりゅう》の生活パターンとなった。ブランクがあるとはいえ初心者ではないのだ、一曲仕上げるのに二ヶ月は充分すぎる程長く、ゆとりがある。

太獅は思った以上に忙しい毎日を送っており、午後はいない事が多かった。既に弟子もいて稽古をつけなくてはならないし、一門の事務についてもかなりの部分を太獅が仕切っているらしい。おまけに今は演奏会の準備がある。それでも太獅は都合がつけば午後や夜にも稽古をつけてくれた。

だが、葵竜はなかなか太獅を満足させる事ができなかった。

大分感覚を取り戻せてきているとは思うのだが、太獅は容赦《ようしゃ》がない。重箱の隅をつつくようにミスを指摘されて、稽古が終わる頃には心身ともにべこべこになる。

「葵竜、差し入れ持ってきたよ。ちゃんと練習してるかい？」

稽古を始めて一週間が経とうとする日の午後、京雅《きょうが》が様子を見にやってきた。

カットソーの上に、ジャケットを羽織っている。ただでさえ細い躯が更にほっそりとして見えるのは、墨色のスキニージーンズのせいだろうか。

ヘッドホンをつけて畳の上に寝転がっていた葵竜は、のっそりと起きあがって居住まいを正した。

「はあ、まあ、ぼちぼち」

「そんなにかしこまらなくていいよ。従兄弟なんだから」

だが従兄弟とはいえど、京雅は葵竜とは違う。小さい頃から従順に稽古を重ね大学を卒業すると同時に黒橡《くろつるばみ》の家で働くようになった、いわば父側の人間である。

京雅に座布団を出し、葵竜はノートパソコンのキーボードを叩いて音を切った。

パソコンには各パートを太獅が弾いたデータが入っている。

太獅の作った曲は耳触りがよく、邦楽を聞き慣れていない人でも入りやすそうだ。

「京雅は弾いた事あるか？　太獅兄さんの『罪』」

「ん、罪？　なんだいそれは」

怪訝《けげん》そうに問い返され、変だな、と葵竜は思った。

本番までもう二月しかない。パンフレットの印刷やその他の手配を担当している京雅が、曲の題名を知らない訳がないのに、なんだろうこの反応は。

「この曲だが」

京雅が座布団を引きずりながら近づいてきて、葵竜の手からヘッドホンを取った。片方のスピーカーをひっくり返して耳に押し当てたのを見計らってキーを叩くと、白い瞼が伏せられる。

「演奏会で俺が弾く曲だ。『罪』っていうんだろ?」

ヘッドホンから微かに音が漏れてくる。激しく弦を掻き鳴らす音には胸が苦しくなるような切迫感があるが、『罪』をイメージさせるような暗さはない。

京雅が目を上げた。

「僕はこの曲、『初恋』ってタイトルだと思ってたんだけど」

――――え。

葵竜は眉を顰めた。

京雅が葵竜に嘘をつく理由はない。それに曲想《きょくそう》からしても『初恋』で合っていそうだ。

『罪』というのは何かの間違いだったのだろうか。

「でも、『罪』、ねえ。罪……あ――――」

京雅はしばらく曲を聞きながら何事か考えていたが、やがて何か思い当たったらしい、瞬いた。

「何か知ってるのか？」

葵竜の問いに京雅は唇を綺麗な半月型にたわめ困ったように微笑む。

「いや、知らないけれど……気にしなくていいと思うな。——そうだ、おやつを買ってきたんだ。ここのどら焼き、おいしいので有名なんだ。食べた事ある？」

「……なんか誤魔化そうとしてないか？」

「やだな、何言ってんのさ」

釈然としない気持ちのまま葵竜は京雅が差し出した紙袋を受け取った。中から出てきたのは求肥《ぎゅうひ》入りのどら焼きだ。

もちもちした食感のどら焼きは京雅の言葉通りおいしかったが、葵竜の気分は晴れない。

「そうだ、京雅。悪いが暇な時に車を出してくれないか」

黒橡の屋敷は駅から遠い。車がないと、ちょっとした買い物にも不便する土地にある。

ふと思い出して切り出すと、京雅の目つきが鋭くなった。

「どこに行きたいんだ？」

「電気屋。俺のパソコン、今のままじゃネットに繋がらないんだ。求人サイトが見られない」

前住んでいたアパートでは無線ＬＡＮを使っていた。だがこの離れには無線どころか電話線すら引かれていない。

「どうして求人サイトなんか見る必要があるのかな？　葵竜は大先生の後を継ぐんだろう？」

「継がない。約束したのは、発表会が終わるまでここにいる事だけだ」

葵竜はできうれば、発表会が終わったらすぐ新しい職場に行けるようにしたかった。その為には、今から活動しても遅すぎるくらいだ。

後ろ手をついてくつろいでいた京雅が居住まいを正す。

「どうしてそんな事を言うんだい。大先生はずっと君が帰ってくるのを待っていたのに」

「……この家は、好きじゃない」

生まれ育った家ではあるが、脳裏に浮かぶのは厭な思い出ばかりだ。

「あのねえ、葵竜。それならちゃんと仕事を続けていればよかったんだよ。自立できると示せば大先生だって考えてくれたかもしれなかったのに、葵竜は入社してすぐ最初の会社を辞めてしまったんだろう？　二つ目の会社も、三つ目の会社も長続きしなかったって聞いている。それじゃ、大先生が心配するのも当然じゃない？　まっとうな社会生活を送れないんなら、家業を継がせようと考えるのは、親としては当たり前だよね？」

「……ぐうの音も出ないな」

葵竜は力なく笑って頭を掻いた。

「ねえ、葵竜。なぜ最初に就職した会社を辞めたんだ？」

葵竜は煙草の箱を引き寄せ、一本口にくわえた。

「辞めたんじゃない。クビになったんだ」

「クビって、どうして。クビになんてそうそうされるもんじゃないだろう？」

腰を据えて問いつめられ、葵竜は一旦くわえた煙草を箱の上に置いた。

葵竜が入った会社は小さなＩＴ系の会社だった。ワンマン社長が上にいるからか独特のルールがあり、呼ばれたらダッシュして行かないと怒鳴《どな》られたりする。体育会系の雰囲気に皆は辟易《へきえき》しているようだったが、葵竜は大して気にしていなかった。

問題は、仕事の後の飲み会だ。

入社して最初の週末、少し慣れてきた頃に歓迎会が行われた。居酒屋で乾杯してしばらくは何事もなかった。だがしばらくして気が付くと、社長の膝の上に経理の女の子が乗せられていた。

あれ。ここってキャバクラだったっけ。

葵竜は目を疑った。

そんな事がある訳ない。経理の女の子はグレイのビジネススーツ姿、顔は可愛いが、華美な格好などしていない。

気が付くと他の女の子たちの腰や足にもえげつない手が回されていた。

小さい会社なのにやたら可愛い子が揃っていると思ったら、こういう事だったらしい。

店を貸し切りにしている訳ではない。他の客や店員からも見えるのに、古株《ふるかぶ》の社員は平気で女の子の躯に触っている。

女の子が納得しているならまだいい。だが新卒で入ったばかりの女の子は、涙目になっていた。

「俺も酔ってたから言ってしまったんだ。やめろって」

翌朝にはクビになっていた。

「そんな事が本当にあるんだ……」

京雅は唖然としたようだった。

「その後、割とすぐ次の勤め先が見つかったんだがここがまたブラック企業で、ろくに休みもなく毎日終電まで働かされて躯壊しそうになって……」

新人が一週間も保たずに辞めてしまう。同僚たちは皆ストレスで躯がおかしくなっていた。精神科にかかっている者も多く、このまま辛抱《しんぼう》し続けたら自分も病んでしまうのではないかと葵竜は怖くなった。

チキン過ぎたかなと笑うと、会社勤めをした事のない京雅がしみじみと呟く。

「いいや。そうか……全然知らなかったけど、葵竜ってすごく苦労してたんだね。やっぱりもう就職なんて考えるのやめて、大先生の後継いだ方がいいんじゃないのかな？　うちにはセクハラするおっさんなんていないし、長時間労働もしなくていいんだし」

その代わりに太獅がいる。

とは言えず、葵竜は曖昧《あいまい》に微笑むと、ばたりと畳の上に寝そべった。

「葵竜？」

「……人生ってうまくいかないな」

京雅が背中を丸め、葵竜の顔を覗き込んだ。

「そういう台詞《せりふ》を言うには、葵竜は若すぎると思うけどな」

葵竜は青白い瞼を伏せる。

「別に大それた事を望むつもりはないんだ。俺はただ、この家を出て、のんびり暮らして、女の子と付き合ったりとかそういう普通の生活を味わってみたかっただけ。生きてゆけるだけ稼げればそれだけで良かったのに、どうして何一つ思う通りにいかないんだろう」

息の詰まらない生活を満喫したいという望みは贅沢《ぜいたく》だったのだろうか。

京雅がやけに優しい声で聞く。

「でも彼女はできたんだろ？」

「……いいや」

葵竜は両手の甲を交差させ、顔を隠した。

いい感じになれた子もいなくはなかった。好きだと言ってくれた子もいる。だが葵竜には彼女たちの気持ちに応える事ができなかった。

「え……いないの？　本当に？」

「……なんで喜ぶんだよ」

「や、喜んでなんかないよ。それは残念だったよね。でも僕はこの家だってそう悪くないと思うよ？　大先生は葵竜が帰ってくるのを心待ちにしていた。僕も。太獅兄さんだって」

「嘘つけ」

間髪入れず葵竜は京雅の言葉を遮った。

そんな事がある訳がなかった。

太獅は葵竜を嫌ってる。

「……即答されるとはね。でも僕が葵竜の帰宅を歓迎しているのは本当だよ。ここで快適に暮らす為に僕にできる事があったら言って。できる限りの事はしてあげるつもりだから」

葵竜は勢いをつけ起きあがった。あぐらを掻いて、京雅と向き合う。

「……なに？」

「なら頼みがある。太獅兄さんの事だ」

「太獅兄さん？」

京雅の表情が緊張する。

「太獅兄さんは、俺が黒橡流の家元の座を奪おうとしていると思っている」

「え……。ええ……!?」

京雅は驚いたようだった。

「いや、そんな事ないんじゃないかな。太獅兄さんだって前々から葵竜が次の家元になるものだって思ってたし」

「でも先代が早世《そうせい》しなければ、父さんではなく太獅兄さんが家元になってた筈だ。この家だって太獅兄さんのものになる予定だった。そういう事があったから太獅兄さんは俺を煙たがってるんだと思う」

今では父が我が物顔で使っている。太獅は大先生どころか、まるで父の小間使いだ。

「太獅兄さんはそんな事を気にしてないと思うけど……」

「ではどうして太獅兄さんは俺にきつく当たるんだ？」

反駁《はんばく》できず、京雅は黙る。

「京雅、それとなく太獅兄さんに言ってくれないか？　俺にそんなつもりはないって」

「……ねえ葵竜、もしかして、後を継ぎたくないってずっと駄々こねてたのは、だからなのか？」

葵竜は後ろに下がり柱に寄り掛かった。

「別にそれだけが理由じゃない。そもそも俺は大先生なんて柄じゃないだろ？　だが太獅兄さんは頭も切れるし、貫禄《かんろく》もある。箏や三味線だってうまい。どう考えたって太獅兄さんが大先生になった方がいい」

真剣な表情で箏に向かう太獅の姿が脳裏に浮かぶ。箏に対する覚悟も、思いも、葵竜は太獅の足下にも及ばない――と思う。

「僕は葵竜も箏に関してはすごくいいセンスを持っていると思うんだけど」

「稽古の度、太獅兄さんにぼろくそに言われているのにか？」

ないないと手を振って否定すると、京雅は膝を抱え、顎を乗せた。

「葵竜って昔から、太獅兄さんの事、何と言うか、崇拝してるよね」

「なんだよそれは。全部本当の事だろ？」

葵竜は首を傾げた。太獅は完璧だ。尊敬に値する。むしろ何故京雅がそんな風に言うのかが不思議だ。

「僕には大先生の器には見えないんだけどな、太獅兄さんは」

葵竜は眉を上げた。

「京雅は人を見る目がないな」

京雅が呆れたような溜息をつく。

「どっちがって言いたいところだけど、まあいいや。太獅兄さんには適当に伝えといてあげるよ」

葵竜はほっとして微笑んだ。

「サンキュ、京雅」

太獅の態度が変わってから、葵竜は戸惑うばかりで何一つ建設的な事ができなかった。下手《へた》な事をしたら今まで以上に嫌われてしまうんじゃないかと、臆病になってしまったのだ。葵竜自身ちょっとまずい事情を抱えていたという事もあるが――とにかくこれでやっと一歩踏み出せる気がする。そう葵竜は思ったのだが。

＋　＋　＋

その夜、葵竜《きりゅう》は妙な夢を見た。

誰かが葵竜の髪を梳いている。子供でもあやすかのように、何度も何度も。

情愛のこもった手付きに、葵竜は淡い笑みを浮かべた。

恋人、というものを葵竜は持った事がないが、そういう人ができたらきっとこんな風に触ってくれるんだろうと思ったのだ。

葵竜の微笑《びしょう》に勇気づけられたのか、手は大胆さを増した。二、三度頬を軽く撫でてからするりと浴衣《ゆかた》の合わせ目に忍び込み、肌着などつけていない素肌に触れる。

手の持ち主は葵竜の上に身を屈めているらしい。鎖骨を熱い吐息がかすめた。

——きりゅう——……。

溜息めいた声。

いい加減に結んであった帯がほどかれ、浴衣の前が開かれる。

再び乳首に触れるものがあったが、それはもう手ではなかった。熱く濡れた舌だ。

空いた手が、今度はトランクスの中へと入ってくる。そろそろと小さく柔らかな突起を舐めながら直接性器を握られて、葵竜は初めて淡い官能の疼きを覚えた。

それまではただ触れられているだけとしか認識していなかった。葵竜に触れているのは女性ではない男性だと、何故かわかっていたからだ。

静かに、静かに下着が引き下ろされる。

さり、と堅い感触があたり、葵竜はああ、この人は箏をやっている人なんだと気付いた。指の腹が堅い胼胝《たこ》になっている。

局部が剥き出しになると、大きな掌が葵竜自身を掴んで持ち上げた。

誰かがそこにキスする。

敏感な皮膚の表面を男の息がくすぐる度、じんわりとした熱が腰のあたりに蓄積していった。

気持ち、いい。

男はしばらく葵竜のモノに唇を押し当てじっとしていたが、やがてふっと息を吐いて、顔を上げた。それで終わったのだと葵竜は思ったのだが――。

あっ――。

男は最後に葵竜のモノをねろりと舐めた。

一番感じやすい、先端を。熱く濡れた舌でやんわりと。

ささやかな接触が震える程気持ちよかった。

もっとして欲しい。

頭のどこかでこれは夢だとわかっていたが構わない。どうせ現実世界には、自分に触れ、感じさせてくれる者などいないのだ。

夢ならどんな事でも許される。相手が男でも。たとえばあの人でも。

だが葵竜の望みとは裏腹に、男は静かに下着を元に戻し浴衣の乱れを直し始めた。

夢が散る。

男の存在は曖昧になり——やがて、消えてしまった。

更にとりとめのない夢を経た末、葵竜は朝を迎えたのだが——。

「くそう……」

股間を見下ろし、葵竜は溜息をついた。

勃起している。

放っておけばやがて収まるとは思ったが、葵竜は我慢できず浴衣の裾を割った。腰の奥に澱んでいる熱を吐き出さずにはいられなかった。夢に煽られていたのかもしれない。

時刻は七時前。太獅《たいし》が何時から稽古を始める気なのかはわからないが少しは猶予《ゆうよ》があるだろう。ティッシュボックスを引き寄せ、葵竜は朝っぱらから熱くなっているモノを握り込む。

始めから限界近くまで硬くなっていたモノだ、簡単に射精できるだろう、そう思ったのだが――。

「く、そ……」

なかなか達する事ができず、葵竜は唇を噛んだ。

少し乱暴なくらい激しく扱きながらちらりと周りを見回す。太獅は寝ているのか、今の所気配はない。だがこの古い離れには防音性などなきに等しい。

下手に動くと床が軋む。

太獅に気取られてしまうかもしれない。

起こしに来る可能性だってある。

そう思ったら、更に高まってくるものがあった。

やめておいた方がいいと思ったが、やめられなかった。葵竜はあられもない格好で自慰に耽りながら、もっとも興奮するイメージを脳内のライブラリから呼び出した。

「……ん、ふ……」

葵竜がもっとも興奮するもの――太獅の舌を。

まだ幼かった頃、太獅はとても葵竜に優しかった。

——葵竜。どこにいるんだ、葵竜。

葵竜の名前を呼ぶ太獅の声は甘く、くすぐったい気持ちになる。

誰に呼ばれても返事をしなかった葵竜は、辺りをきょろきょろ見回してからそれまで隠れていた茂みの外に顔を覗かせた。

——だめだろう、稽古をさぼったら。ほら、行こう。

葵竜は怯えたように首を振った。

——お稽古、もうやだ。痛い。

——よく稽古すれば、痛くなくなるんだよ。どれ、見せてごらん。

心を蕩《とろ》かすような優しい声に、葵竜はおずおずと左手人差し指を見せた。ちょうど弦を押す指の腹に赤い線が入っている。譜面で切ってしまったのだ。

——ああ、可哀想《かわいそう》に。確かにこれじゃ痛いな。

太獅が葵竜の手を取る。そっと添えられた太獅の人差し指は、同じ皮膚とは思えない程硬化していた。毎日稽古を重ねてきたせいで、弦の当たる場所が胼胝になっているのだ。

いいな、と葵竜は思う。

太獅兄さんのような手になりたい。――お稽古は、嫌いだけど。

太獅が傷ついた指を口に含む。

骨のない別の生き物のように柔らかな舌がぬるりと皮膚の表面を滑った瞬間――葵竜は総毛立った。

……なに、これ……。

太獅の口の中はあたたかく、濡れていた。

犬や猫に舐められるのとは全然違う。未知の感覚。

よくわからないけれど、ぞわぞわした。なんだかすごくイケナイ事をしている気分。

それから後の事はよく覚えていない。ただ、その時の出来事は恐ろしい程鮮やかに葵竜の中に灼《や》き付いてしまっていた。

「――はっ、ふ――っ」

葵竜は無我夢中で太獅の舌の記憶を追う。

どうやらあの経験が葵竜のエロスの原点になってしまったらしい。

気が付けば葵竜はこういう時、いつもあの記憶を追っていた。

一瞬だけ与えられた、あのぬるりとしたいやらしい感触を。

――太獅兄さんに嫌われるのも当然だな。

我ながら変態だと思うが太獅の舌の記憶を反芻《はんすう》するのを止められない。

あの時は指を舐められただけなのに感じた。――すごく、興奮した。

もしあの舌でココを舐められたら、どんな感じがするんだろう。

敏感な割れ目をするりと舐めてゆく、淫靡《いんび》に濡れた赤い肉――。

「――っ！」

びくん、と躯が震えた。

淫猥《いんわい》な液体がびゅくびゅくと吐き出され、手を汚す。

葵竜は溜息をついた。

こんな事、しちゃいけないってわかってるのに、やめられない。

自分がオカズに使われてるなんて事を知ったら、太獅はどういう反応を見せるだろう。

軽蔑《けいべつ》するに決まってる。

葵竜はぶるりと身を震わせ、躯を起こした。乱れた浴衣がずるりと肩から滑り落ちる。

大丈夫だ。己が葵竜の性欲の対象とされている事に、太獅が気付く訳がない。誰も他人の頭の中など覗けないのだから。

――この秘密が太獅に知られる事はない。だから堂々としているんだ。

葵竜はティッシュを引き抜き手を汚す白濁を拭き取った。掌でうなじを擦りながら、ひどい格好で立ち上がる。

「――――ん？」

何かが視界の端で動いたような気がした。

葵竜は丸めたティッシュを屑入《くずい》れに放り込み、乱れた浴衣の前を掻き合わせた。あちこち破れ目のある障子を開けてみるが、誰もいない。

「鳥の影でも過《よぎ》ったか」

ひとりごち、葵竜は身支度を調える為、障子を閉めた。

＋　＋　＋

すっかり暗くなった空に、箏の音が響く。

「テンポが遅い」

「そこ、押手《おしで》が弱い」

「葵竜《きりゅう》、またテンポが合っていない。同じ事を何度も言わせるな、集中しろ」

——京雅《きょうが》の奴、適当に伝えておくなんて口ばかりじゃないか。

太獅《たいし》に稽古をつけてもらいながら、葵竜は溜息をついた。

太獅の態度は、和らぐどころか鬼だった。ほんの少しのフレーズにもこれでもかとばかりにだめ出しされる。

「今日はここまで。明日も同じところをさらう。明日までにもう少しマシに弾けるようにしておけ」

ようやく終わりを告げた太獅に、葵竜は畳に手を突いて深々と頭を下げた。

「ありがとうございました」

太獅がさっさと箏を片付け始める。稽古をしている離れの一階は、太獅が寝泊まりしている部屋でもあるので、片付けなければ布団を敷く事すらできない。

柱箱を外しながら、葵竜は太獅の顔色を窺った。

「……ところで太獅兄さん、この後、暇?」

「なぜだ」

「いや、もし時間があるようだったら、飲みにいかないかと思って」

京雅が頼りにならないなら、自分で何とかするまでだ。勇気を振り絞って誘ってみると、太獅は戸惑ったように目を伏せ考え込んだ。

きっと、だめだ。断られるに決まってる。

待っているうちにどんどん気持ちが沈んでゆく。だが少しぶっきらぼうな声に葵竜の憂鬱は断ち切られた。

「……何が食べたいんだ？」

たったそれだけで葵竜の心は雲のように軽くなる。

「何でも。太獅兄さんが好きなものでいい。あー、だがその、あんまり高い店は勘弁してくれると嬉しいんだが……」

生活費がかからなくなったとはいえ、葵竜の懐《ふところ》具合は厳しい。恥を忍んでつけたした葵竜に、太獅はくすりと笑った。葵竜は少し驚いた。今日の太獅は随分機嫌がいいらしい。

「葵竜に払わせる気はない。そういう心配はしなくていい」

「いやでも誘ったのは俺だし」

太獅は箏を定位置に立てかけ、まだ座っている葵竜を見下ろす。

「すぐ支度をする。母屋の玄関で待っていろ」

「ああ」

自分の箏を抱え、二階に上がる。箏を置いて押入から引っ張り出したコートを羽織ると、葵竜は携帯と財布をポケットに詰め込んだ。そういえば離れに移住してから、外出するのは初めてだ。軽い足取りで階段を下り、下駄を突っかけ母屋の玄関に向かう。

全く外出していなかったせいで大きな下駄箱の奥深くに仕舞い込まれてしまっていた靴を出していると、インバネスコートを羽織った太獅がやってきた。

「待たせたな」

「いや…」

引き戸を開けて外に出ると、強い風にコートが大きく煽られる。たっぷり布をとって仕立て上げられたインバネスがはためく様は、ドラキュラ映画を彷彿《ほうふつ》とさせた。下に着ているのは和服だが、冷たく整った顔立ちの太獅はいかにもヴァンパイアっぽい。

門まで行くと、太獅が呼んだタクシーが待っていた。タクシーに乗るのも久しぶりだ。家を出てからこんな贅沢はした事がない。

太獅の指示で走り出した車は住宅地の中にあるバールで葵竜たちを下ろした。もう結構夜も遅いのに混み合っていたが、行くと決めてすぐ太獅が予約を入れたらしく、葵竜たちの席はちゃんと押さえられていた。タクシーの件といい、至れり尽くせりである。

「ワインは飲めるか？」

「あー、白なら」

太獅がコートを肩から滑らせる。いい男な上和装の太獅を、周りの客がちらちらと見ている。

あまりばたばた動くと周りの迷惑になる。葵竜が細身のコートに手こずりもぞもぞしながら脱ごうとしていると、片手に自分のコートをかけたまま、太獅が手伝ってくれた。自分のものとまとめてスタッフに預けてくれる。

「あ、ありがとう……」

「気にするな。白ワインだな。フルーティーな方がいいか？　葵竜は甘いものが好きだしな」

「いや、酒は辛《から》いのがいい」

「じゃあ、このあたりでいいか……」

ワインはそこそこ飲めるが銘柄なんてさっぱりわからない。だが太獅は迷いなくメニューの上を指先で叩き、ボトルを注文した。ついでに前菜も頼む。

「生牡蠣《なまがき》は食べられるか？　ここのはおすすめだ。まずはこれをとって、あとはゆっくり好きなのを注文しよう」

細やかな気配りに、葵竜はくすぐったい気分になってしまった。思い起こせば自分が小さかった頃も、太獅はこんな風に面倒を見てくれていた。

「太獅兄さんが決めてくれよ。メニューを見てもどんな料理か俺にはさっぱりわからない」

「そうか？　じゃあバーニャカウダと鯛《たい》のカルパッチョ、サルシッチャのグリル、ラグーソースのタリアテッレ。それからピザもひとつとっておくか……」

呪文めいた単語を次々に並べ、太獅がメニューを決めてゆく。スタッフがボトルを運んできて、ワインを開けた。そそぎ込まれた薄黄色の液体がグラスの中で揺れる。

太獅はグラスを受け取ると、軽く揺すって鼻を寄せた。少しだけ口に含みテイスティングする様子を、葵竜は魅入《みい》られたように眺める。

グラスに触れる薄い唇。

あの唇で、俺のアレを舐めてくれたら。

一瞬頭を過ったくだらない夢想を、葵竜は慌てて振り払う。

——何を考えているんだ、俺は。

太獅が頷くと、二つのワイングラスにワインが注ぎ入れられる。細い足を摘み、太獅がグラスを翳した。その唇に刻まれた笑みは友好的だ。

いい感じだ。このまま最後まで和《なご》やかに運びたい。

葵竜もワインに口をつける。次に運ばれてきた生牡蠣にはレモンとオリーブオイルがかかっていた。殻に載せられているそれを丸ごとつるりと口の中に滑らせると、なんともいえないクリーミーな味わいが口の中に広がる。

店内のライトはかなり暗く、漆喰《しっくい》の壁の隅は闇に沈んでいる。各テーブルの上で小さなキャンドルが放つ光がロマンチックだ。女の子を口説《くど》くにはもってこいの雰囲気だなと葵竜は頭の隅で思う。ここは普段、太獅が彼女を連れてくる店なのかもしれない。

葵竜の表情に影が差した。

どうしてだろう、胸の奥が軋む。

「おまえと飲むのは初めてだな」

バーニャカウダというのは、熱いアンチョビソースに野菜をつけて食べる料理だった。固形燃料で熱せられている壺《つぼ》から、うまそうな匂いが立ち上る。

「そういえばそうだな。大学に入ってからろくに帰ってきてなかったから」

「大学生活は楽しかったか」

一々ピックやフォークを使って食べるのは面倒だ。葵竜は指で摘んだセロリに熱いソースを絡めた。

「まあ、それなりに」

「今更私が言うのもなんだが、急に引っ越して大丈夫だったのか?」

「どうして?」

「……付き合っている人がいたんだろう?」

葵竜は首を傾げた。

「そんなのいない」

「……いないのか？　本当に？　じゃあ泊めてもらうと言っていたのは……？」

アパートから連行される時に独り身だと知られるのが恥ずかしく、隠すような言葉を吐いたせいで太獅は誤解していたらしい。葵竜は苦笑し、白状した。

「あれは勢いで言ってしまっただけだ」

彼女なんかいない。本当はとてもとても欲しかったけれど。

葵竜は溜息をついた。

大学に入って、葵竜はかなり努力した。太獅の舌を忘れる為に。

リアルなセックスを知ればきっと変な事など考えずにいられるようになると思ったのだ。

幸いな事に葵竜を好きになってくれる女の子と出会えた。何もかもがうまくいくかと思われたが、いざという時を迎え葵竜は愕然とした。

葵竜のモノは女の子を前にして、ぴくりとも反応しなかったのだ。

何度か試してみたもののことごとく失敗し、葵竜はやさぐれた。

自分は一生一人で生きてゆく事を運命付けられてるらしい――と。

「太獅兄さんこそどうなんだよ。結婚話とかそろそろあるんじゃないのか」

「気になるのか？」

「そりゃまあ」

すうっと太獅の唇の両端が上がった。

やけに艶めいた笑みに葵竜はどきりとする。

「結婚話などない。好きな人はいるが、私の片想いだからな」

――――え。

誰かが店から出ていったのだろう、急に吹き込んできた冷たい風に、キャンドルの炎が揺れた。

「それにその人は私の気持ちを知らない」

睫《まつげ》を伏せた太獅は切なげな笑みを浮かべている。

胸の奥がぎしりと軋んだ。

「なんで告白しないんだ？　太獅兄さんを断る人なんていないだろ？」

「恋などしてはいけない人だからだ」

新しく運ばれてきたサルシッチャを、太獅が取り皿に分け始める。

「もしかして、人妻、とかか？」

禁断の恋の定番を挙げてみると、太獅は曖昧に微笑んだ。

——そうか。人妻なのか。

「過去形って事は、何か状況が変わったのか？」

「いや。ただもう我慢できそうにないんだ。いけない事かもしれないが、その人が欲しい。気持ちを伝えてしまおうと思っている」

酔っているせいか、心臓の鼓動が強く、速くなってきた。

「……情熱的だな」

そうか。太獅には好きな人がいるのか。

そして告白しようとしている。

どんな相手だろうと、——たとえ夫がいる身だとしても、太獅を断わる女がいるとは思えなかった。

だって太獅はこんなにいい男なのだ。

酔いが回ってきたのだろうか、頭がぼうっとして妙に虚ろな気分に襲われる。

「私だって男だからな。葵竜だったら、どうする？　とても手の届かない人に恋をしてしまったら」

知るもんか。

急に、ひどく残酷な気持ちが込み上げてきて、葵竜は挑むように言い放った。

「俺なら相手に迷惑がかかるってわかってるのに気持ちを伝えたりはしないな。たとえそれで自分がつらい思いをする事になってもだ。――好きなら、相手の人の幸せをこそ大事にすべきだと思うし」

言ってしまってからはっとした。

なんでこんな喧嘩を売るような事を言ってるんだろう、俺は。

突然こみ上げてきた激情が何なのか、自分でもよくわからない。

また冷たい言葉を浴びせられるかと思ったが、太獅は気の抜けたような声でそうかと呟いただけだった。

「なあ、太獅兄さんなら、どんな女だってよりどりみどりだろ？　別の相手を探した方がいい。誰の手垢もついていない、太獅兄さんにふさわしい人をさ」

付け合わせのマッシュポテトまで綺麗に取り分けられた皿が差し出される。

「無理だ。私にはその人以外、考えられない」

メインのアクアパッツァが運ばれてくる。トマトとオリーブで大きな魚を煮込んだ料理だ。まだ熱い器を間に挟み、葵竜たちは黙り込む。

料理は美味だったが、葵竜にはもう食事を楽しむ事などできなかった。

沈黙が重いし、無表情な美貌《びぼう》が怖い。ついついワインを飲むペースが上がる。

「……そういえば、京雅に聞いたんだが、あの合奏曲のタイトル、『罪』じゃなくて、『初恋』なんだって？　どうして違うタイトルを教えたんだ？」

気まずい沈黙に耐えかね口にした問いに、太獅は物憂《ものう》げに髪を掻き上げた。

「私にとってはどっちも同じ意味だからだ」

どうしてと言い掛け、葵竜は息を詰めた。

もしかして、禁断の恋の相手が、太獅の初恋の相手なのか？

恋をしてはいけない相手に寄せた想いを、太獅は『罪』だと思ってる？

太獅は確か今年三十二歳になった筈だ。だとしたら一体どれだけの間太獅はその人を思い続けてきたんだろう——考えてみたら震えが来た。

そんなに好きな人が、太獅にいたなんて。

「そろそろ行くか」

デザートはオーダーせず、二人は食事を終えた。

「今日は俺が払うから」

さすがに奢ってもらう気にはなれず葵竜は伝票を奪おうとしたが、太獅がさっさとカードで払ってしまう。

「太獅兄さん！　せめて自分の分くらいは払わせてくれよ」

大股に店を出て行く背中を葵竜は追いかけた。金を渡そうと手を掴む。だがその手は荒々しく振り払われた。

「あ――――」

手の中から飛び出した硬貨がアスファルトの上で金属質の音を立てる。ひらひらと落ちてゆく紙幣《しへい》を、葵竜は呆然と眺めた。

太獅はその場に立ち止まり、葵竜を見ている。その顔にはやはり何の表情もない。

太獅はやはり怒っていたのだ。

――余計な事など言わねばよかった。

「あ――その、すまん……」

葵竜はとりあえず急いで金を拾い集めた。太獅は手伝おうともしなかった。再び金を差しだそうとした時には背を向け、どこかに電話をかけていた。

――そんなにその女が好きなのか?

またぎしりと胸が軋む。

なんでだろと葵竜は思う。

太獅が誰を好きであろうと葵竜には関係ないのに。

「葵竜。今、タクシーを呼んだ。おまえはその金でタクシーに乗って帰れ。私は寄っていくところがある」

冬が近付いており、夜風は冷たい。コートの襟を立て太獅が葵竜に命じる。

――俺と一緒に帰るのも厭って事か。

葵竜は力なく頷いた。太獅が背を向け歩き出す。

靴音がだんだんと遠のいてゆく。

＋　＋　＋

かさかさと奇妙な音がする。

下駄をつっかけて離れを出て、それが竹の葉を打つ雨の音だと気が付いた葵竜《きりゅう》は母屋へと走った。

気まずい夕食から三日が経っていた。太獅《たいし》は何事もなかったかのように平然としていたが、葵竜は散々だった。

太獅が好きなのって、どんな女だ？

そんな事ばかりが気にかかって、稽古に集中できない。おまけにまた躯をまさぐられる妙な夢を見た。今度の夢では犯人は得体の知れない男ではなく太獅だった。

葵竜は戦慄《せんりつ》した。

俺の脳味噌《のうみそ》の中は一体どうなってるんだ？

オカズにするだけでは飽きたらず、太獅とセックスしてみたくなったのか？　なんでだ？　好きな女がいると知ったからか？　他に盗《と》られるくらいなら自分のものにしたくなった？　太獅は男で、いわば兄のような存在なのに？

ぽたぽたと滴《しずく》が跳ねる庇《ひさし》の下で、葵竜はぶるりと身を震わせる。

——馬鹿じゃないのか、俺は。

からりと勝手口を引き開け母屋に上がる。台所に入ると、葵竜の母と太獅の母——大叔《おおお》母《ば》が昼食をとろうとしていた。

「お稽古は進んでる？」

母が自分の食事を用意するついでにご飯をよそってくれる。葵竜は冷蔵庫から生卵と昆布の佃煮を取り出すと、席に着いた。

「……毎日太獅兄さんに滅茶苦茶怒られてるよ」

「あの子は完璧主義なところがあるから」

大叔母がおっとりと微笑む。

母は殆ど表情を変えない。

「あなたは大雑把《おおざっぱ》なところがあるから、ちょうどいいわ。この機会に太獅くんの正確さを見習いなさい」

葵竜は器に生卵を割り落とし、かき混ぜた。

「なあ、なんで太獅兄さんの方が腕が上なのに、父さんは俺を跡継ぎにしようとするんだ？」

カラザをとった生卵に軽く醤油を垂らす。少し味が足りないくらいがちょうどいい。どろりとした卵液をご飯にかけ、さらにたっぷりと佃煮を乗せる。

「葵竜、あなたまだまだ未熟ね。それとも自分の事だからわからないのかしら」

「あ？」

「あなたは小さい頃は本当にどうしようもない子で、手に負えなかった。お父さんが折角《せっかく》時間を割いてくれてるのにいつも膨れっ面で、隙さえあれば逃げ出して。練習だって全然してくれないし、曲は遅々としてできあがらない――この子に稽古をつけるのは、時間の無駄なのかもしれないと思った時もあったのよ」

それなら、見放してくれてたらよかったのにと葵竜は卵掛けご飯を掻き込みながら思った。そうすればお互いに厭な思いをせずに済んだのだ。

「でもね、ある時、太獅くんがあなたに好きなように筝を弾かせたら、あなたはまだほんの小さな子供だったのに、すばらしい演奏をしてのけた。もちろん、手も小さいし、技術的にはまだまだだったけど、あなたの曲には魂《たましい》があった。だからお父さんはあなたを諦めるのをやめたの。筝を弾く上では一番大事なものをあなたは最初から持っていたから」

え……。ええ――――？

そんな事、知らない。

「でもあれは逆効果だったわね。しつこく稽古させようとするものだから、あなたが益々稽古を厭がるようになってしまって」

「ええと、……本当に……？」

思わず念を押すと、母はじろりと葵竜を睨《にら》んだ。

「嘘だと思うなら、伯父《おじ》さんにでも聞いてらっしゃい。あなたはまだ、技術面では太獅くんに劣っているけど、代替わりするまでまだ何十年もある。その頃には大先生にふさわしい腕になっているだろうというのが皆の統一見解よ」

「組織としてのバランスもよくなると思うの。葵竜ちゃんが大先生になれば、あの子が補佐役を務めてくれるでしょう？　あの子は葵竜ちゃんが大好きだから」

「あなたは抜けているところがあるから、太獅くんがいてくれればちょうどいいわ」

「はあ……」

会話が途切れる。葵竜は今言われた事を反芻しながら、黙々と卵掛けご飯を口に運んだ。

……そんな風に思われていたなんて、信じられなかった。

だが母たちは筝に関してくそ真面目だ。質の悪い冗談を言ったりしない。

「ねえ、葵竜。私たちはそうすれば黒橡《くろつるばみ》流は安泰《あんたい》だと思っていたのに、あなたたちってば、どうして仲違《なかたが》いしてしまったの？」

「え」

唐突に突っ込まれ、葵竜は目を上げた。

気付かれていない筈はないとは思っていたが、家族に太獅との事に触れられたのはこれが初めてだった。

「別に、仲違いなんかしてない」

「もう子供じゃないからとやかく言うつもりはないけど、お父さんも気にしてるのよ、あなたたちの事」

「父さんが？」

「ええ」

父が自分の事を気にかけてくれた事など、今まで一度もなかったのに。

「お父さんが今回、あなたたちを離れに住まわせたのは、演奏会の為だけじゃないわ。もう一回仲直りして欲しいからよ」

茶盆を引き寄せ、母が茶を淹《い》れ始める。取り澄ましたような横顔からは感情が読みとりにくい。

本当に、そうなんだろうか。

でも、なんの為に？

「俺にスムーズに後を継がせる為、か？」

葵竜が迷い迷い発した言葉に、母は眉を上げた。

「ばかね。そんなのは二の次に決まってるでしょう。あなたたちは親戚《しんせき》で、ちっちゃい頃はあんなに仲良しだったのよ。このままでいい訳がないでしょ」

大叔母も言葉を添える。

「ねえ、葵竜ちゃん。うちの太獅はね、葵竜ちゃんがいないと駄目なのよ。また仲良くしてあげてちょうだい」

「はあ……」

そうか。

無関心なのだとばかり思っていたが、心配してくれてたのか。

葵竜は残りの卵掛けご飯を掻き込む。

それにただ自分の子供だからという理由ではなく、父は葵竜自身の能力を認めてくれていたらしい。

変な気分だった。

葵竜は太獅の事を思う。

歩み寄りたいと飲みに誘ったものの、結局肝心な話は何もできないまま終わってしまった。頃合いを見て聞こうと思っていた跡継ぎ問題についても、太獅の恋話《こいばな》の衝撃でどこかに飛んでいってしまったままだ。

自分を大好きだというのは大叔母の思い込みに過ぎないと思うが、もう一度太獅と話をしてみようか。

葵竜は食器を重ねて立ち上がった。

「今日の太獅兄さんの予定はどうなってるんだ？」

「今は京雅くんのところに行って、演奏会の打ち合わせをしている筈よ」

「京雅のところか……」

ちょうどよかったかもしれない。京雅もいてくれた方が、二人きりより話が進めやすそうだ。

「ちょっと京雅の家に行ってくる」

洗い物をシンクに運びながら断りを入れると、母の頬がわずかに綻《ほころ》んだ。

「そうしなさい」

「行ってらっしゃい」

片手だけ上げて返礼の代わりにすると、葵竜はそのままサンダルを引っかけて外に出た。雨がぱらついている上寒いが、京雅の家はすぐ隣だ。傘を持っていくまでもない。

厚手のパーカーのジッパーを一番上まで上げ、背中を丸めて通りを突っ切る。インターホンを鳴らすと、京雅の母親が顔を覗かせた。

「あらいらっしゃい。なにかしら？　京雅にご用？」

「こんにちは。あと太獅兄さんが来てるって聞いて」

「上の部屋にいるわ。どうぞ、あがって」

軽く頭を下げると、葵竜は上がり込んだ。子供の頃から行き来していた家なので勝手はわかっている。靴下のまま階段を上がる。

廊下の突き当たりにある部屋が京雅の部屋だ。近づいてゆくとかすかに話し声が聞こえてきた。

「ねえ、太獅兄さん。もう少し葵竜に優しく接するようにしなよ。でないと本当に嫌われちゃうよ」

自分の名前が耳に入り、葵竜は思わず扉をノックしようとしていた手を止めた。

「――うるさい。おまえに私の何がわかる」

太獅の声は今まで聞いた事がない程荒々しい。

「毎日あれと顔を合わせて稽古をつけて、同じ屋根の下で寝起きさせねばならないんだぞ。――まるで拷問だ」

――――え。

がつん、と。

頭を殴られたような気がした。葵竜は硬直し、息を詰めた。立ち聞きなどしてはだめだと思うが声が出ない。

「そんな大袈裟《おおげさ》な」

「とにかく、一刻も早くこの役目から解放されたい。そうでないと私は――」

ふわふわとした気分が消えてゆく。

……そんなに俺の相手をするのは厭だったのか。

葵竜は持ち上げていた手を引っ込めた。足音を殺し、そろそろと後退る。

一気に階段を駆け下りた。脱いだばかりのサンダルに足を突っ込んでいるところに、京雅の母親が顔を覗かせる。

「あら。どうしたの――?」

葵竜は返事もせず家を飛び出した。湿った空気の中を、全速力で逃げてゆく。

ぱらぱらと落ちてくる雨が顔に当たって鬱陶《うっとう》しい。いくつか角を曲がると、葵竜は走るのを止め、フードを被った。

息を整えながら考える。

さて、どうしよう。

演奏会を投げ出す訳にはいかないが、もうあの離れには戻りたくない。

ひとまず駅に向かって歩き出す。

とりあえず、友人の家に一泊だけ泊めてもらおう。漫画喫茶でもいい。こんな気持ちのままではとても太獅と顔を合わせられない。

雨に濡れながら歩いていると、後ろから車の扉が開閉する音が聞こえた。

何気なく振り返ってみて、葵竜は愕然とした。

「なんでいるんだよ」

太獅がいた。

時折強く吹く風に、コートの裾が煽られている。路肩には京雅の車が止まっていた。駅まではまだ遠い上、雨のせいで通りには他に人の姿はない。

「京雅のおばさんが、おまえが逃げたと知らせてくれた」

肩を怒らせ近付いてくる男を、葵竜は呆然と見つめた。

「私に会いに来たのに部屋まで来なかったという事は、私たちの話を聞いたんだな？　何を聞いた、葵竜」

手を伸ばせば届く距離で止まった太獅の表情は硬い。

葵竜は頬を歪め、笑った。

「大した事じゃない。太獅兄さんが俺のお守りを押しつけられて、死ぬほど迷惑してるって事くらいだ」

「そんな事を言った覚えは――」

葵竜は太獅の言葉を遮り吐き捨てた。

「まるで拷問だってのは、そういう意味だろ!?」

「葵竜」

葵竜を見下ろす太獅の眉間に皺が寄る。

葵竜は深呼吸をし、高ぶる気持ちを抑えつけようとした。

落ち着け。感情的になっても仕方がない。俺はもう小さな男の子じゃない。大人だ。よく考えて、お互いにいい落としどころを見つけなければならない。

上擦った声で葵竜は決める。

「俺から父さんに言う。合奏は無理だって。俺が下りるか、そうでなければせめて稽古だけでも他の誰かにつけてもらうよう頼むよ。太獅兄さんを離れに住まわせるのもやめてもらう。それでいいだろ？」

「やめろ」

太獅の掌が握り込まれた。端正な美貌には何の表情も浮かんでないが、その目の中には様々な感情が渦巻いている。

あれは怒りだろうか。それとも、憎しみ？　いずれにせよ穏やかではなさそうだ。

「ああ、別に太獅兄さんの事を悪く言うつもりはないよ。俺の我が儘って事にして、父さんにはうまく言っておく」

「だめだ」

強くなってきた雨音を割《さ》き届いた押し殺したような声に、葵竜は苛立った。

「じゃあどうしろって言うんだよ！　あんた、俺が嫌いなんだろ!?」

「……別にそんな事はない」

「嘘つくな！　他の奴らの前ではにこにこしてんのに、俺の前でだけ刺々《とげとげ》しい態度取って！　きつい言葉ばかり吐いて！　そんな事されて、俺が傷つかないとでも思ってるのか!?」

止めようと思ったが、止められなかった。葵竜は激昂《げっこう》のあまり目に涙を浮かべて太獅を怒鳴りつけた。

「……葵竜」

「留学に行った時だってそうだ。あんたが一言も言わずにいなくなってしまって、俺がどんなにショックだったかわかるか？　唯一の味方だと思っていたのに裏切りやがって。俺はあんたの事大好きだったのに――！」

底光りする黒い瞳が葵竜を捉えた。

「私が――好き？」

端的な問いに、葵竜は破れかぶれに答える。

「そうだよ。悔しいけど今だって好きだ。でも――もう、いい。ご、拷問とまで思われてるのに傍にいたって仕方ないしな」

どうせ自分の好意など、太獅にとっては何の意味もないのだ。

そう思ったら声が震えた。涙に濡れた目で、葵竜は太獅を睨みつける。

太獅が息を呑んだ。震える手で口元を押さえ、葵竜を見つめ返す。

「うわ、ヤバ……」

傍観《ぼうかん》していた京雅の声が微かに聞こえた。

その声で再起動したかのように、太獅が動き始める。

「――来い」

太獅は葵竜の腕を掴むと、引きずるようにして京雅の車まで連れていった。

大粒の雨がフロントガラスを叩く。

屋敷まで車を走らせた京雅は、玄関ではなく離れに近い裏門の前に車を止めた。太獅がキーパッドに素早く番号を打ち込み、鍵を開ける。

「じゃあね」

「帰るのか？　京雅」

一緒に来てくれるものだと思っていた葵竜は、二人きりにされると知って動揺した。

「何も心配しなくていい。太獅兄さんは本当に君を嫌ってなんかいないよ。二人でじっくりと話し合えば大丈夫だから。ね？」

軽く頭を傾けて微笑み、京雅は薄情にも葵竜を置いてゆく。呆然としている葵竜の手首に、再び太獅の指が絡みついた。

「太獅兄さん、俺は別に逃げたりしない……」

手を放してくれと遠慮がちに要求してみるが望みは叶えられる事なく、葵竜は売られていく子牛もかくやという気分で木戸をくぐった。飛び石を踏み、竹林を抜ける。

縁側から入った太獅の部屋は綺麗に片づいていた。

「座れ」

座布団を示され、葵竜は腰を下ろした。胡座《あぐら》をかき、訝《いぶか》しげに太獅を見つめる。

「何だよ」

向かいに座った太獅の髪から、ぽたりと雨水が滴った。

「まず、私はおまえを嫌ってなどいない」

葵竜は唇を噛んだ。

なんて耳に心地よい言葉だろう。

だがこれまでの態度を見れば、真実は明らかだった。太獅は葵竜が嫌いなのだ。

好きだからこそ、見え透いた嘘に葵竜は激昂した。

「そういう誤魔化しはやめてくれ」

太獅ももどかしそうに声を荒げる。

「いいから聞け！　これまで、私がおまえの為に一体どれだけ我慢を重ねてきたと思ってるんだ」

――我慢？

なんだそれは。

戸惑っている間に太獅は自制心を取り戻し、切々と葵竜に語り始めた。

「いいか、葵竜。逆なんだ。私は昔も今も、おまえが可愛くて可愛くてたまらない。誰より一番愛しく思っている」

「――はい？」

愛しい、だと？

「ずっと食べてしまいたいと思っていた。だがおまえは八つも年下で、弟のような存在だ。こんな風に想ってはいけないとずっと気持ちを押し隠してきたのだが――、おまえも私を好きなんだな？　私はもう、我慢しなくてもいいんだな？」

葵竜は首を傾げた。

いや、好きと言っても、俺のは敬愛や友愛の意味なのだが、ええと……どういう事だ？

太獅が好きなのは、俺なのか？

て事は初恋の相手っていうのは……？

葵竜はこくりと喉を鳴らした。

待て。落ち着け。そんな事がある訳がない。きっと聞き間違えだ。どこかで何か、ずれているに決まってる。

ぐるぐる考えていると、熱っぽい目で葵竜を見つめていた太獅が座卓を回り込んできた。すぐ横に膝を突いた男に常にはない威圧感を覚え、葵竜は距離を取ろうとする。

「あーと、太獅兄さん？　その、好きと言っても、意味が――――」

するりとうなじに掌が回され、それ以上後退できなくなった。近付いてくる端正な顔に、葵竜は焦る。

このままでは、ぶつかってしまう。

「ちょ、待……っ」

言葉が吸い取られた。

葵竜は大きく目を見開く。

太獅が葵竜の口を塞いでいる。――さっきまで訳のわからない事を言っていた口で。

嘘だろ――――!?

葵竜は太獅の躯を押し戻そうとした。だが太獅は離れるどころか、両手でがっちり葵竜の頭を捕まえ舌を入れてきた。

ちろり、と。

上顎の裏をくすぐるように舐められる。

「────っ」

頭のてっぺんから爪先まで、ぞくぞくっと何かが走った。

体温が一気に上がり、腕から力が抜けてしまう。

──何だ？　今の……。

葵竜だってキスをした事くらいある。だが太獅とのそれは、今まで経験したどれとも違った。

抵抗が弱くなったのに気が付いた太獅が、本格的に葵竜の口の中を蹂躙《じゅうりん》し始める。舌を絡められ、粘膜をぬるぬると擽《くすぐ》られ────葵竜は太獅のコートを握り締めた。

ヤバい。

気持ちイイ。

腰に力が入らない。

たかがキスなのに、くらくらする。────すごく感じる。

妄想の比じゃない。滅茶苦茶いやらしくて、下半身まで血が滾《たぎ》ってくる。

「ん────ん……っ」

いつのまにか視界が九十度回転し、背が畳についていた。

太獅がのしかかり、葵竜を貪っている。

——なんで、だ？　なんで、太獅兄さん、が——。

流されてはいけないと再び抵抗を試《こころ》みる。見た目よりしっかりした感触の肩を掴み、引《ひ》き剥《は》がそうとして——。

「んん……っ」

葵竜は仰《の》け反《ぞ》った。

太獅のあの長い、形のいい指が、葵竜の股間を鷲掴みにしている。

「んっ、んんっ、ん————っ」

思わず身を捩《よじ》ったが、上に乗られている状態で逃げられる訳がない。服の上から絶妙な強さで揉まれ、比較的ゆったりしていた筈のパンツがあっという間にきつくなってきた。

なんで……っ、こんな——。

握られているのだから、勃起しているのだと如実《にょじつ》に知られてしまう。あまりの恥ずかしさに、葵竜は涙ぐんだ。

あ、イきそ……。

だが達してしまう前に、太獅の手が止まった。執拗《しつよう》に葵竜を楽しんでいた舌が抜き出される。

上半身を起こした太獅は、妙に色気のある仕草《しぐさ》で乱れた髪を掻き上げた。いつも冷ややかだった双眸《そうぼう》に熱情を湛え葵竜を見下ろす太獅は、捕らえた獲物《えもの》をゆっくりいたぶってから味わおうとする獣のようだ。

器用な指が、葵竜のベルトを外し始める。

少しぼうっとしてしまっていた葵竜は、かちゃかちゃという小さな金属音に我に返った。

「ちょ……っ、何するつもりだ、待て……っ」

「もう充分待った。これ以上は待てない」

形のいい唇の端をきゅっと吊り上げ太獅が笑む。

その笑みはそれはそれは美しく――そして腹の底がぞわぞわしてくる程恐ろしかった。

太獅も葵竜も男だ。こんな事をしてはいけないのに、どうして太獅は笑っているんだ？

再びくちづけが降ってくる。

口の中をするりと太獅の舌に撫でられた途端、また躯の力が抜け、葵竜はふにゃふにゃになってしまった。

「んん、ふ――」

唇の端から唾液《だえき》が溢れ、とろとろと顎を伝って落ちる。おかしいくらい気持ちいい。

ふわふわした気分でいると、緩んだウエストを潜り抜け、トランクスの中に太獅の手が入ってきた。

「力を抜きなさい」

それだけ囁きかけると、また有無《うむ》を言わさず口を塞ぐ。

ひんやりとしたものに後ろの入り口を探られ、葵竜はぎょっとした。必死にもがくが、太獅は歯牙《しが》にもかけない。

「ん――っ、ん――っ、ん―――！」

細長い硬い物が尻の中に差し込まれ、冷たい液体が押し出された。目的を果たすと、太獅はキスをほどき、葵竜の中に突っ込んだものをゴミ箱へと投げ入れた。

一瞬だけ見えたそれは、いちじく浣腸《かんちょう》に似ていた。

「た、太獅兄さ……っ、な、何……っ、何した……っ！」

「大丈夫だ。何も怖くない。もう少ししたら気持ちよくなる。本当は全部私の手管《てくだ》で酔わせたかったのだが、初めてで快楽を得るのはなかなか難しいらしいからな。今夜はうんと感じさせてやる」

…………ええ？

葵竜は青ざめた。

気持ちよくなるという事は、今のは媚薬《びやく》のようなクスリ？　なのか？　どうしてそんなものを太獅が持っているんだ？　あんなにつんけんしていたくせに実は最初から葵竜の尻を犯す気でいたのか？

一気に血の気が引いた。これまで太獅をオカズに数えきれない程えっちな妄想をしてきたが、それはあくまで妄想だった。グラビアの美女を眺めるようなものだ。現実に本人を見つけ出して妄想通りの事をする気などない。ましてや尻を掘られるなんて考えた事もない。

そうしている間にも尻の奥がじくじくと厭な熱を持ち始める。

まずい。

葵竜は身を捩った。

トイレに行って、ウォシュレットで流してしまいたい。

だがもちろん太獅は葵竜を逃がしたりはしなかった。それどころか葵竜のズボンを引き下ろそうとする。トランクスごと。

葵竜は泣きたくなった。

ここにいるのは本当に、俺の敬愛していた太獅兄さんか？　太獅兄さんは理知的で優しくて間違いを犯さない、完璧な人間だった筈なのに。

〜〜〜〜〜〜この、

「変態……っ！」

太獅は罵《ののし》られたのにくすりと笑った。葵竜の首筋に顔を伏せ、筋をするりと舐める。

「あ……っ」

「首が弱いのか……？」

口惜《くや》しいくらい簡単に煽られてしまう己に、葵竜は歯噛みした。

弱いのは首じゃない――太獅の、舌だ。

「ふ、く………っ」

「……いい声だ」

執拗に首を舐められる。

葵竜は首を竦め、己の躯を抱いた。耳の後ろまで舌を這わされたら、声を堪えるだけでいっぱいいっぱいになってしまった。

おまけにさっき入れられた薬液のせいか、尻の奥が我慢できない程腫《は》れぼったくてむず痒《がゆ》い。まるで虫にでも刺されたかのようだ。

どうしよう。

葵竜の変化に気が付いたのか、太獅が葵竜の尻へと手を伸ばす。誰にも――自分でさえ直接触れた事のないソコに深々と指を呑まされ、葵竜は息を詰めた。

思った程の痛みはない。それどころか、ぬくぬくと動かされるとむず痒さが解消され、すごく――気持ちいい。

「ふ……っ」

「気持ちいいか、葵竜」

葵竜は眉を顰めた。

「……ざけんな……っ。なんでこんな事、するんだ……っ」

「言っただろう、好きだと。惚れた相手とセックスしたいと思うのは、男なら当然の事だろう？」

ぐいと押しつけられた太獅のソコは、硬くなっていた。

本当に欲情している――。

「う、嘘、だ。太獅兄さんは、俺を嫌い、だったんだ、ろ……？」

留学から帰ってくる太獅を出迎えに皆と空港まで行った時、黙殺されて哀しかった。訳もわからないまま関係を修復しようと努力して、でも冷たくされて。

葵竜は必死に理由を探した。自分を納得させて諦めようとした。大好きだった太獅兄さんにこれ以上嫌われたくなかったからだ。

好きだと言うならどうしてあの時、あんな態度をとったんだ？　今更『好き』だなんて、おかしいだろう？

「私に嫌われたと思って、哀しかったか？　葵竜」

蕩けるような美声が耳元に流し込まれる。その声には喜悦《きえつ》が混じっていた。

この男は、葵竜の悲嘆を喜んでいるのだ。

「ふざけんな……っ」

かあっと頭の芯が熱くなった。葵竜は思い切り太獅を突き放し、拳を振るった。躯が密着しているせいでろくに力が入らなかったが、拳は確かに太獅の顎を打った。

太獅の頭が揺れる。

葵竜は息を呑み、太獅を見つめた。

殴られても太獅は葵竜にやり返そうとはしなかった。ただ熱っぽい瞳で葵竜を見つめている。

「あの時は嫌われればいいと思ったんだ。おまえは私が大好きだったろう？　どこまでだって付いてきて可愛く甘えてくれる。そんな事をされたら理性が保ちそうになかった」

「あ……」

太獅が耳元で告白する。

「だがもうおまえは大人だ。私の望みなら何でも聞いてしまうような事はない。こんな穢《けが》らわしい思いをずっとおまえに抱いていたなんて知られたら愛想を尽かされるに決まっているとは思ったが、裡に秘めておくのももう限界だった」

葵竜は思わず太獅の顔を見つめた。話している間も躯は熱を帯びてゆく。

「すぐ上でおまえが眠っているのだと思うと、寝付けなくて困ったよ。階段を上っていっておまえを貪ってしまいたいという欲望を堪えるのに、どれだけ苦労した事か」

「太獅兄さん、あんた、おかしい。俺は、男なんだぞ?」

しかも美形じゃないし、京雅のようなたおやかさもない。可愛げの欠片もないありふれた男で、太獅のような男をそそるようなものなど何一つないのに。

「だから?」

甘い声が葵竜の鼓膜を震わせる。ぞくぞくっと何かが背筋を駆け上った。

後ろに入れられていた指が一旦抜かれ、今度は二本突き入れられる。

眉根を寄せた葵竜を、太獅は強く抱きしめた。

太獅は葵竜と関係を結ぼうとしている事になんら問題を感じていないようだった。

「太獅、兄さん……」

「私のものになれ、葵竜」

更に指が増やされる。疼く場所を、太獅の指が性急にずくずくと掻き回す。

苦しいのに気持ちよくて顔を顰《しか》めると、唇の端にキスされた。太獅が上半身を起こし、葵竜の右足を肩に担ぎ上げる。

思い切り足を広げさせられる体勢は厭だったが、もう躯に力が入らなかった。

薬液のせいで葵竜の前は硬く勃起している。

鉤《かぎ》型に曲げられた太獅の指が粘膜を掻く度、なんとも言えない気持ちよさが広がった。特に奥の一点に触れられると、腰が勝手にひくりと動いてしまう程クる。

おまけに太獅が空いている方の手で前まで扱き出した。

前からも後ろからも湧き上がってくる快感に、葵竜は頭を打ち振るう。

「も、やめ……っ。こんなの、間違ってる……」

「知っている。だが私にはもう自分を止められないんだ」

衣擦れの音がした。インバネスもまだ身につけたままだった太獅が、着物の裾を割り、性器を取り出す。

仕立てのいい紺の紬《つむぎ》に、グロテスクな程凶悪にいきりたったペニスがそぐわない。

「葵竜、ゆっくりと息を吐け」

「あ……」

媚薬のせいで過敏になっているらしい、太腿《ふともも》の内側を撫でられ、葵竜は物欲しそうな声を漏らしてしまった。

満足げに微笑んだ太獅が、ぬるぬるになったそこに長大なモノを押し当てる。

――そうして葵竜は太獅に犯された。

「ふ、う……っ」

信じられない程大きく感じられるモノが奥へ奥へと押し入ってくる。引き裂かれるような痛みに葵竜は身動き一つできなかった。ただただ浅い呼吸を繰り返し、耐える。

凶器のようなモノを全部葵竜の中に納めると、太獅は大きく息を吐いた。腰は動かさず、掌で背中を撫でてくれる。

動かなければそう痛みはない。徐々に気持ちが落ち着いてくる。だが苦痛が治まってくると同時に、またあの妙な熱とむず痒さが気になってきた。

熱くなっている場所が気になって仕方がない。掻いて欲しくて頭がおかしくなりそうだ。欲望をまぎらわそうと、もじりと腰をよじったら意図せず腹に力が入り、太獅を締め付けてしまった。

息を呑む気配があった。

葵竜はぎくりとして太獅の表情を窺う。

苦しげに眉を顰めた太獅は、恐ろしい程色っぽかった。理知的な顔は影を潜め、目に獣

じみた色を湛えている。

ぐい、と腰が引かれる。

ごり、と太いモノが感度を増した肉を擦っていった。

あまりの気持ちよさに、思わず鼻にかかった声が漏れる。

「ん……っ」

「葵竜……っ」

ずん、と。

思い切り突き上げられた衝撃に、葵竜は弱々しい悲鳴を上げた。

初めてだというのに、太獅はおかまいなしに葵竜の中を掻き回してきた。

激しい太獅の動きについてゆけず、葵竜は女のように揺さぶられる。

苦しい。けれど、それだけじゃない。

「う、あ……っ！　や、め……」

時々がつんと奥を抉《えぐ》られると躯が引《ひ》き攣《つ》り、脳天までびりっと堪《たま》らない感覚が走った。

これは、快感だ。

「あ……あ、あ……、はあ……っ、う……」

突き上げられる度揺れている葵竜のモノに、手が添えられる。尻を突くのと同時に刺激され、葵竜はもう、何がなんだかわからなくなってしまった。

気持ちいい……っ。

どんどんボルテージが上がってゆく。

葵竜は堪らず腰を揺すった。

自分で慰めるのとは段違いの快楽が躯の奥底からせり上がってくる。

「ふ、ン……っ」

ぎゅっと太獅のインバネスを握りしめ、精を吐き出す。力んだせいで、太獅を呑み込んでいる部分まで収縮してしまった。

気持ちよかったのだろう、太獅もまた躯を震わせ葵竜の中に放つ。熱い液体が躯の奥に広がるのが生々しく感じられた。

——なんだか、取り返しのつかない事をしてしまったような気がした。

折り重なったまま、二人は荒い息をつく。少し落ち着いてくると太獅が小さくなったモノを引き抜いた。出てゆく時の刺激に、葵竜はひくりと反応してしまう。

隣に寝転がった太獅が葵竜に微笑みかける。全く悪びれていないどころか満足そうだ。

疲れ切ってしまった葵竜は視線を合わせたまま黙って呼吸を整えていたが、やがて困った事に気が付いた。

「熱い……」

まだ奥がうずうずしている。媚薬が抜けていないのだ。

葵竜は寝返りをうち、太獅に背を向けた。

痒みにも似た感覚は、気が付いてしまうとどうにも耐え難く、じっとしていられない。

もぞもぞしていると、太獅が葵竜の躯を挟むように手を突き、顔を覗き込んできた。

「葵竜、もう一度、私ので掻き回して欲しいんじゃないのか？」

葵竜は奥歯を噛みしめた。

「そんなモノ、入れて欲しい訳ないだろ」

「そうか？　じゃあ、どうする？」

そんなの簡単だ。このまま寝てしまう——のはどうやら無理そうだから、何かで奥を掻けばいい。

だが、どうやってだ？　自分の指でか？

自分で指を突っ込む事を思ったら、なんだか泣きたくなってきた。

まるで、女みたいだ。中に欲しいなんて。

思い悩む間にも疼きは更に高まってゆく。

目を伏せてしまった葵竜の頬を、太獅がそっと掌で撫でた。

「ふふ、そんな顔をしなくていい。欲しいだけ付き合ってやる。私に溺れて、私がおまえを求めるのと同じだけ私を欲してくれ」

「……なんだよ、そんな顔って……」

不満そうな声を出したものの、太獅がのしかかってくるとほっとした。欲しかった場所を太獅が獰猛な屹立《きつりつ》で掻いてくれる。

あああ、いい……。

葵竜は恍惚と目を細めた。一旦出して余裕ができたのだろう、太獅はゆったりと腰を使う。

「ん……、は……っ」

シーツの上をさまよっていた腕を、太獅が引き上げ自分の首に縋《すが》らせる。そうすると更に躯が密着して、結合が深くなった。

躯の内側を、快感がひたひたと満たしてゆく。

もっと強く擦って欲しいなと思った時にはもう腰が動いていた。

「は、あ……う……」

自分で腰を揺する。

この方が、気持ちいい。桃色の霞《かすみ》で覆われた頭の中、葵竜は夢中で快楽を追う。

「ふふ」

太獅が汗ばんだ葵竜の額に唇を落とし、腰を掴み直した。がつんとイイ場所を穿《うが》たれて、葵竜は仰け反る。

「う、あ………っ」

「いいぞ。そうだ、そうやって自分で腰を使え」

乱暴に葵竜を責める太獅の顔に、いつもの冷静さなど欠片もない。

——あの太獅兄さんが俺にこんないやらしい事をするなんて。

注入された液体のおかげか、もう痛みより快楽の方が勝っていた。太獅の硬いモノの先で奥を抉られる度、指先まで痺れてしまう。

「ああ、くそ、こんなの……」

汗が肌を伝う。着たままの服が湿っている。

どこもかしこも熱くて、頭がおかしくなりそうだ。

「葵竜、もうおまえは私のものだ。絶対に離さない」

耳元でそう低く囁き、太獅がちろりと肌を舐めた。その瞬間、キた。

「あ……あ————!」

力一杯太獅にしがみつき、葵竜は震える。ただ射精するのとは違う、蕩けるような快楽が全身に広がった。

「く……っ」

葵竜にきつく食《は》まれ、太獅は歯を食いしばる。ぐん、と腰を使って、深い場所まで己を打ち込み——熱いものを放つ。

身の裡を満たす不思議な充足感に葵竜は戸惑った。

どうしてこんな気持ちになってしまうんだろう——。

「葵竜」

太獅が葵竜のこめかみにくちづける。

「葵竜、もう一度」

「無茶言うな……っ、も……っ」

壊れそうだ。

だが太獅は言う事を聞かない。今度は四つん這いの格好にさせられて後ろから犬のように犯され、葵竜は自由の利かない両手で畳を掻《か》き毟《むし》った。

涼しげな容貌をしているくせに、太獅の欲望には際限がない。しつこく求められ、何度も躯の奥に放たれているうちに、だんだんと本当に自分が太獅のものになってしまったような気がしてくる。

そんな事があるわけないのに。

明け方近く、ようやく解放された葵竜は、泥のような眠りに落ちた。

稽古の事も、今までの悩みも忘れ、ただひたすら睡眠を貪る。

＋　＋　＋

ざわざわと風の音がする。正確には、竹の葉が擦れ合う音だ。

葵竜《きりゅう》はぼんやりと天井を眺めていたが、しばらくするとがばりと身を起こした。

「いっ……」

途端に走った痛みに葵竜は腰に手を当て凍り付く。

「……なんてこった。太獅《たいし》兄さんとヤってしまった……」

――しかも、妄想よりずっと悦《よ》かった。

記憶を反芻するだけで、躯の芯が疼くような気さえする。太獅と、まさかこんな事になってしまうなんてと、葵竜は愕然とする。

そろそろと動いて自分の躯を改めてみると、葵竜はきちんと下着と浴衣を身につけていた。ここは二階の自分の座敷だ。精液でどろどろになっていた筈の腹も後ろも綺麗に拭かれ、性の匂いを残すものは何もない。

だがまだ後ろに何か挟まっているような感覚が残っていた。おまけに全身筋肉痛だ。

「……うあああ……」

現実を受け入れられず布団に突っ伏し呻《うめ》いていると、太獅が階段を上ってきた。朝方まで励んでいたとは思えない、溌剌《はつらつ》とした顔をしている。

いや、朝方まで励んで性欲を発散できたから溌剌としているのだろう。

「おはよう、葵竜。……昨夜は素晴らしかったよ」

甘ったるい声で囁きかけられ、葵竜は憮然とした。

太獅が美しい所作《しょさ》で膝を突き、接吻《せっぷん》でもするつもりなのか顔を寄せてくる。近付いてくる太獅の美貌に、葵竜は剣呑《けんのん》に目を細めた。

「この、変態……！」

枕を掴むなり、太獅に叩きつけようとする。太獅はひょいと片腕を上げて、顔への直撃を防いだ。

「……とと」

勢いよく躯をひねったせいで、躯中の筋肉がぎしりと軋む。葵竜は小さく喘ぎ、怒りの籠もった目で太獅を睨《ね》めつけた。

「太獅兄さん、あんた、俺を何だと思ってんだよ！」

太獅は優美に首を傾ける。

「葵竜は葵竜だ。私の唯一の愛しい人だ」

つい昨日まで冷たい言葉しかくれなかった唇が、砂を吐きそうな台詞を紡ぐ。

「愛しい？　あんたにとって愛しいっていうのはどういう意味なんだ？　無理矢理突っ込んで言う事を聞かせるのがあんたの愛なのか!?」

「葵竜も好きだと言ってくれたろう？」

「やめろとも言ったよな！」

「でもすごく感じていた」

「太獅兄さんっ」

太獅は淋しげに笑んだ。

「すまない、ついいつもの癖でおまえをいじめる言葉を探してしまう。だが、おまえを好きだというのは本当だ。おまえが手に入るなら何だってしよう。土下座してもいい」

殊勝《しゅしょう》に太獅は目を伏せたが、そこには狂気めいた色が差していた。

「――だがもし逃げようとするなら容赦しない。必ず連れ戻して、私なしではいられないようにその躯を躾《しつけ》てやる」

葵竜は震撼《しんかん》した。

「何言ってんだよ、あんた……」

太獅がするりと葵竜の腰を撫でる。

「おまえの躯はもう私の味を知っている。昨夜の様子から察するに、おまえを虜《とりこ》にするのは難しい事ではなさそうだ」

葵竜の躯がかあっと熱くなった。

太獅は知っているのだ。葵竜が昨夜おかしくなりそうな程感じてしまっていた事を。

「朝食を母屋に食べに行くのなら着替えを手伝おう」

「ふざけんな。あっちへ行け」

「あまりつれない事を言うな。照れくさいだけだとわかっていても傷つく」

太獅が落ちた枕を拾う。枕を持った手を伸べてくる太獅から葵竜は慌てて後退った。隙を見せたらまた何をされるかわからない。だが太獅は困ったように微笑み枕を布団の端に乗せただけで、階段を下りていった。

古くなった床板の軋む音が遠ざかり、葵竜はそろそろと立ち上がる。

布団を片付けると、葵竜は着替えより先に顔を洗いに行った。一階の洗面所はタイル張りのいかにもな時代物で湯も出ないが、今のような気持ちの時に洗顔するにはちょうどい い。冷たい水をふんだんに使って、頭を冷やす。

顔を上げると、所々曇った鏡に、額に濡れた髪を張り付かせた男の姿が映っていた。卑下するつもりはないが、葵竜の容姿は地味だ。中肉中背。太獅は可愛いと言うが、別に女性的なところも、子供の頃のような無邪気《むじゃき》な愛嬌《あいきょう》もない。

その自分が華やかな美貌を持つ太獅と並び立つ様を想像してみて、葵竜は顔を顰めた。大きく息を吸って、吐く。部屋に戻って荷物の中から煙草の箱を探し出し、一本くわえる。

よし、整理してみよう。

昨夜俺は太獅とセックスした。

そう文章にして考えた途端、なんだかいたたまれなくなってしまって葵竜はぐしゃぐしゃと髪を掻き回した。落ち着きなく立ち上がって、押入から着替えを引っ張り出す。

太獅は頭がおかしくなってしまったらしい、この俺に好きだと言った。逃がさないとも。

俺はどうすべきなんだ?

警察に訴え出るのは論外だ。こんな醜聞《しゅうぶん》で黒橡《くろつるばみ》流の名に傷がつくのは、いくらこの家が嫌いとはいえ望むところではない。

では太獅を何とかしてくれと、家族の誰かに助けを求める？

そんな事ができる筈がなかった。男のくせに男に抱かれたただなんて絶対に知られたくないし、黒橡流の次代を担う二人が揉めているとなれば家の内部まで滅茶苦茶になりかねない。

味方を得ようとは考えない方がいい。

このままここにいるのは危険だった。障子や襖では太獅を閉め出す事はできないし、また襲われかねない。

また、あんな風に――――？

尻を犯される快楽を思い出し、葵竜は身震いした。太獅が言う通り、葵竜の躯は太獅が与える悦楽を覚えてしまっていた。あの媚薬を使われたら、きっとまたよがって腰を振り、情欲に溺れてしまう。

あんな事を二度と許すつもりはない。そもそも葵竜は、そういう意味で太獅を好きだった訳ではないのだ。

………？

カーゴパンツのファスナーを上げようとしていた手が止まった。葵竜は煙草をくわえたまま、眉を顰めて考え込む。

別に好きじゃ、ないよな?

……うん、多分惚れてはいない。結構怖かったし。とんでもない事されて、本気で泣きが入りそうだったし。

とにかく、ひとまずこの家を出ようと葵竜は決めた。寝起きする場所が別になるだけでも襲われる危険性は激減する。稽古は通いですればいい。演奏会にちゃんと出るなら父も文句はないだろう。

幸い、太獅は母屋の方に行ってしまったようで、離れに気配はない。

葵竜は服を着替え終わるとコートを羽織り外に出た。母屋には向かわず、竹林を横切った場所にある裏門に向かう。山茶花の生け垣の中にぽつんとある木戸は昔ながらの佇まいだが、最新のセキュリティシステムが導入されており、監視カメラもついていた。外からは暗証番号を知らなければ入れないが、中からならば簡単に開く。

ここから黒橡家を脱出して、少しもったいないが大通りでタクシーを拾おう。最寄りの駅まで行ってしまえば、きっと逃げきれる――そう葵竜は思ったのだが。

裏門は、開かなかった。

内側についているキーパッドに赤いランプがついている。内側からも暗証番号を知らねば出られないよう、設定が変わったらしい。おまけに葵竜が知っている番号では開かない。

たしか無理矢理乗り越えようとしたら、警報が鳴ると聞いた気がする。山茶花の生け垣を破壊すれば出られない事もないのかもしれないが、さすがに気が引けた。

誰かに引き留められてしまう可能性もあるが、正面玄関の方に回ろうか。

ぐるぐる考えていると、飛び石を渡る下駄の音が聞こえてきた。

「何をしているの」

父の姉だ。父によく似ており冷たい雰囲気がある。

「あー、おはようございます、伯母《おば》さん。ちょっとコンビニに」

「何が欲しいの？　後で買ってきてあげるから、部屋に戻りなさい」

取り付く島もない態度に、葵竜は鼻白む。

伯母は様子が変だった。竹林の端にあるこの辺りには何もない。裏門から外に出る以外の用事などある訳がないのに、伯母は葵竜が戻るのを待っているだけで、裏門から出ようとしない。

「伯母さん。ここ、以前は暗証番号なんかなかったですよね」

「設定を変えてもらったの」

「……なんの為に」

伯母は冷ややかに葵竜を嗤った。

「演奏会の為に。あなた、昨日逃げだそうとして、太獅くんと京雅《きょうが》くんに連れ戻されたんですって?」

――え。

葵竜は、愕然とした。

京雅の家を飛び出した事が知られ、逃亡阻止の措置が取られたらしい。黒橡家親族一同は、葵竜をこの家から出さない気なのだ。

逃亡だなんて――、間違いではないが、違うのに。

――やられた。

伯母が顎で離れを指す。

「まったく往生際が悪い子ね。黒橡の名を負って演奏会に出られるなんてこんな名誉はないでしょうに。さ、諦めて戻りなさい」

「はあ……」

伯母たちに悪気はないのだ、多分。

本当の事を言う訳にもいかず、葵竜はよろよろと母屋に戻り始める。途中でポケットに突っ込んであった携帯電話が軽快なポップスを奏で始めた。

「あ、すいません」

不快そうに眉を顰めた伯母に軽く頭を下げ、葵竜は携帯を開く。

――木崎だ。

ランチでもどうかというのどかな文言《もんごん》に、葵竜は口元を歪めた。

＋　＋　＋

外には出られない。

自分の家なのに、味方はいない。

誰にも助けを求められない。

八方塞がりの状況下、葵竜《きりゅう》は一見淡々と日を過ごしていた。

笑える事に、曲の方は日に日に仕上がりつつあった。既に形はできている。あとは弾き込んで詰めてゆけばいい。

「今日はここまでにしよう」

太獅《たいし》の合図に、葵竜は集中を解き、ほっと息を吐いた。

あの怒濤《どとう》のような夜を境に太獅は別人のように甘い顔を見せるようになっていた。だが稽古の時は別だ。厭だった筈なのに、今は逆に容赦のない指導に気が休まる。

「あまり集中できてないようだな」

太獅が少し障子を開け、座敷の空気を入れ換える。火照《ほて》った肌が冷たい空気に冷やされるのを快く思いながら、葵竜はじろりと太獅を睨みつけた。

「ストレスが溜まっているからな。頭の沸いた危険人物が目の前にいる上、コンビニに行く事さえ許されないんだ。息が詰まりそうだ」

「自業自得だ。私から逃げようとしなければコンビニくらい行けたのに」

「別に演奏会を投げ出すつもりはなかった」

葵竜は怒ってるのに、太獅は上機嫌だ。

「仕方がない。週末でよければ、どこか連れていってやろう」

「本当か!?」

太獅が涼やかな目元を緩める。

「初めてのデートだな」

葵竜は半眼になった。

……何を言っているんだ、この男は。

「あー、実は行きたいところがあるんだが」

木崎からメールが来ていた事を思い出し何食わぬ顔でねだってみると、太獅は詳しく聞きもしないで了承した。

「では、車を出してやろう」

詰めが甘いのは、葵竜をモノにできて浮かれているからだろうか。微妙な気分である。

じゃあよろしくと言い置き、葵竜は箏を抱えてそそくさと自分の部屋に撤収《てっしゅう》した。箏を壁に立てかけると、すぐ木崎への返信メールを打ち始める。

太獅の望み通りに事を進めてやる気など、葵竜にはさらさらなかった。太獅だってあんな事をしたのだ。これくらいの意趣返しをしても悪くない。

＋　＋　＋

週末、葵竜《きりゅう》が支度を調えて待っていると、携帯が鳴った。太獅《たいし》からのメールだ。

――見つかるとまたうるさい事を言われるから、裏においで。

「俺のメルアド、知ってたのか……」

太獅からメールを受け取るのは初めてで、妙な心持ちだ。まじまじと画面を眺めてしまう。

「……いや、ぼうっとしている場合じゃないな」

携帯を尻ポケットに押し込むと、葵竜はコートを抱えて部屋を出た。歩く度、学生時代から使っている長いボーダーマフラーの先がジーンズの膝で揺れる。

いい天気ではあったが、カットソーの上にカーディガンを着ているだけの格好では寒く、葵竜はほとんど走るようにして竹林を抜けた。

一度は葵竜を拒んだ裏門は開いていた。

横付けされた車に寄りかかり、太獅が葵竜を待っている。

黒のロングコートに渋い色味のカラーシャツ。洒落たネクタイ。滅多《めった》にしない洋装が、口惜しいくらい似合っている。

ペールブルーの車体は洗車したばかりなのか、顔が映りそうな程綺麗だった。

「おはよう」

蕩けるような笑みを正視できず、葵竜はすっと視線を逸らす。

「おはようございます」

裏門を閉めて助手席に乗り込む。

「どこに行きたいんだ」

「ここに」

カーナビに目的地を入力すると、車は静かに走り出した。

「こんなにいい車を持ってたんだ」

コートを後部座席に投げ、葵竜はマフラーを緩める。

「いつかおまえとドライブに行けたらと思って買った。——ああ、念願がもう一つ叶ったな」

もう一つ？　と聞きかけて、葵竜は口を噤んだ。太獅の一つ目の念願は、葵竜を手込《てご》めにした事で達成されたのだろう。

「そんな事を念願にするなよ。もし仕事がうまくいってたら、俺はこの家には戻ってこなかったんだぞ」

憎まれ口を叩く葵竜を、太獅は余裕の表情で流し見る。

「そうか？　京雅に聞いたぞ。おまえは私に家元の座を譲る為に黒橡の屋敷を出たのだと」

「う……」

らしい。

葵竜は真っ赤になった。京雅はちゃんと葵竜の頼み通りメッセージを伝えてくれていた

「前にも言ったが、それはおまえの誤解だ。私はおまえに仕《つか》える事をこそ望んでいた。おまえが黒橡の屋敷に戻ってこないのなら、私がここにいる意味はない。遠からず跡継ぎ問題に絡んで誤解が解け、おまえはこの家に帰ってくる事になっただろう」

車が滑《なめ》らかに減速する。赤信号が変わるのを待つ車の最後尾に停車すると、太獅は膝の上に載せてあった葵竜の手に自分の手を重ねた。

「おまえが私を気にかけてくれていたと知って、とても嬉しい」

心底幸せそうな微笑に、どくんと心臓が跳ねた。

「ううう」

礼なんか言うな。

葵竜は太獅の手をぺしんと叩いて退《ど》かし、窓の外へと顔を向ける。

車が停まったのは、国道沿いにあるファミリーレストランの駐車場だった。

「ここだな。しかし葵竜、一体何の為にここに来たんだ？」

「悪いけど太獅兄さんはこの辺の席で待っていてくれ。絶対に余計な事をするなよ」

太獅の問いには答えないまま身勝手な指示だけすると、葵竜は明るい窓際の席へと歩いていった。ぼんやりと窓の外を眺めていた女性が葵竜に気付き、輝くような笑みを浮かべる。

「黒橡さん！」

その刹那《せつな》、背後にいる太獅の気配が変わった。

突き刺さるような視線を背中に感じながら葵竜は女性の向かいに腰を下ろした。

「こんにちは、木崎さん。メールありがとう。ごめん、待たせて」

「ううん。私も今来たところ。久しぶりに会えて嬉しい」

セミロングの黒髪を緩く巻いた木崎は、男なら誰でも惹かれるに違いない清純派の美人だった。薄いピンクのリップグロスを引いた唇が瑞々《みずみず》しい。ストレスから解放されたせいか表情が明るく、以前より綺麗になったような気さえする。

木崎は葵竜が新卒で勤めた会社の先輩だった。二十九歳で、もう二年も勤続している古株――あの会社では一年も続けば古株扱いだった――だ。経理部に所属しており、飲み会では社長の膝の上に乗せられていた。

彼女は夫に命の危険を感じる程のＤＶを受け、一歳の子供を連れて逃げたシングルマザーだ。

執拗に復縁を迫る夫に見つからないよう身内にも居場所を知らせず、なんとか自力で生活しようとしたのだが、なかなか仕事が決まらず、苦労の末ようやく得たのが先の会社の仕事だった。

ひどいセクハラに辟易したものの、ここで辞めたらもう就職できないかもしれないと思い詰め、彼女は二年も耐え忍んだ。だが夫が別に傷害事件を起こし服役した上、セクハラを止めようとした葵竜があっさりクビにされたのを見て何かが吹っ切れたらしい。

今、木崎は被害にあった女の子たち――もう退職してしまった者も多い――と連絡を取り合って、会社と争っている。葵竜も就職活動の傍ら、彼女たちのサポートをしてきた。

「秋実《あきみ》ちゃんは元気？」

「元気元気。すっかりおばあちゃん子になっちゃって、大変。うちは絶対そんな事ないだろうと思ったのに、母さんも父さんも秋実にめろめろになっちゃって甘やかす事甘やかす事」

「秋実ちゃん、可愛いから」

「私の娘だから当然だけどね！　可愛いといえば、峰岸《みねぎし》さん、再就職先がようやく決まったんだって」

「本当？　よかった…」

ちらりと振り向くと、太獅は言われた通り入り口近くの席に座りコーヒーを飲んでいた。じっと葵竜たちの事を見ていたらしい、目があってしまう。

木崎は子供がいるとは思えない程若々しい。情報交換をしているだけなのだが、太獅にはいちゃいちゃしているように見えている事だろう。

射殺《いころ》されそうな視線を無視し、葵竜は木崎とゆっくり食事を楽しむ。先輩後輩の垣根を越え、よき友達的関係が成り立っている二人に話題は尽きない。

デザートを追加し飲み物までお代わりして、ようやく気が済んだ二人は店を出る事にした。

「そういえば夏美ちゃんと連絡取っている？」

レジで精算を待っている時に、不意に避けていた話題を振られ、葵竜は一瞬息を詰めた。

「いや、最近忙しくて」

「ふうん。まあ、いいけど……黒橡さんは夏美ちゃんの気持ち、気付いてるんだよね？　スルーしてるって事は気がないのかな？」

夏美も会社の同僚だった。葵竜と同じ新卒で、葵竜がクビになって程なく彼女も退職した。

彼女が自分に特別な関心を持っている事に葵竜は気付いていたが、ずっと素知らぬ顔でやり過ごしてきた。有耶無耶《うやむや》のままにしておきたかったのだが、いい笑顔で熱い視線を浴びせられ、葵竜は観念する。

「あー、お付き合いする可能性の有無で言えばないかな」

不承不承本音を吐くと、木崎は上目遣《うわめづか》いに葵竜を見つめた。

「そっか。他に付き合ってる子がいたりするの？」

「いや、いない」

「じゃあいいじゃない、付き合っちゃえば。夏美ちゃん、いいと思うけどな。好みじゃないの？」

「あー、夏美ちゃんはとてもいい子だし可愛いと思ってはいるんだが……」

「何が気に入らないのよ？　男の人の物差しなんてどうせヤりたいかヤりたくないかだけでしょ？」

「木崎さん…」

DV男を夫にしてしまった木崎は男に対して辛辣だ。

葵竜は困って空を見上げる。端的すぎるきらいはあるが、木崎の言う事は間違いではない。葵竜が女の子にそそられる躯だったら、多分ほいほい付き合っていただろうと思うくらい夏美は可愛い。

だが葵竜の欲情の対象は、今のところただ一つだけだった。

「ま、いいわ。意地悪言ってごめんね。今日は会えてよかった。また皆で近況報告会でもしましょ」

「俺にできる事があったらいつでも連絡してくれ。大した事はできないけど」

「とんでもない。あちこち行くのに付き添ってくれたの、感謝してる。男の人がいてくれるだけですごく心強かったから。……じゃあね。またね」

軽く手を振り、木崎は歩いて帰ってゆく。幼い子供がいる木崎は長時間の外出が難しく、いつも別れはあっさりとしたものだ。

店の前で後ろ姿を見送っていると、背後から不穏な声が聞こえてきた。

「あの女は、誰だ」

当てつけるような笑みを浮かべ葵竜は振り返る。太獅がついてきている事にはとうに気付いていたので驚きはしない。

「前の会社の同僚。美人だろ」

いきなり胸倉を掴まれ、葵竜はよろめいた。

殴られるんだろうか。

葵竜は思わず歯を食いしばったが、太獅はそうはしなかった。ただひどく傷ついたような顔で葵竜を見つめる。

ちくりと小さな痛みが胸を刺した。

だが葵竜は何も感じないふりをした。

「……彼女が好き、なのか？」

絞り出すような声に、葵竜は唇の両端を引き上げた。

「さあな」

「彼女はいないと言っていたから、片恋か」

「何であれ、あんたに教える気はない。――ああ、一応念を押すが、彼女に手を出すなよ。何かしたら、絶対に許さないからな」

握りしめられたボタンがぎちりと厭な音を立てる。

キスできそうな距離でしばらく葵竜を睨みつけた後、太獅は腕の力を抜いた。ゆっくりと一歩下がる。

「外に出る事など、許さねばよかった」

そのまま悄然《しょうぜん》と車に向かう太獅の後を、葵竜は数歩の間を空けてついていった。

乗車拒否されるかと思ったが、太獅は行きと同じように葵竜を助手席に乗せた。

帰り着くまでの一時間ほどの間、会話は一言もなかった。

行きと同じように裏門の前で停車した車から降りた葵竜は空々しい笑みを浮かべる。

「太獅兄さん、今日は車を出してくれてありが……」

最後まで言い終わる前に太獅が身を乗り出し、荒々しくドアを閉めた。勢いよく発進してゆく車を、葵竜はコートのポケットに手を突っ込み見送る。

「怒ったか……」

当然だ。葵竜は太獅を怒らせようとして、あえて騙した。これで太獅が変なちょっかいを出さなくなれば、ちょうどいい。

だが、と葵竜は片手を胸の上に乗せてみる。心臓がいつもより早く脈打っていた。――まるで太獅に嫌われないよう祈っているかのように。

「折角だからコンビニに寄ってから戻るか。次はいつ外出できるかわからないしな」

自分に言い聞かせるように軽い口調で呟くと、葵竜は努めてのんびりと踵を返した。

＋

＋

＋

翌朝、携帯のアラームで目覚め起きあがった葵竜《きりゅう》は寝癖だらけの頭を掻きながら室内を見回した。

太獅《たいし》に侵入されないよう、襖に支《か》っておいた突っかい棒は今朝も異常なしだ。

カーゴパンツに穿《は》き替えフリースを引っかけて、階下に顔を洗いに下りた葵竜は、細く開いていた障子の中を何気なく覗き首を傾げた。

「あれ……？」

太獅がいない。布団も押入にしまわれたまま、寝た形跡がない。

「昨夜はマンションの方に帰ったのか……？」

まあ、太獅がどこで寝ようがどうでもいい。冷たい水で顔を洗って、母屋に顔を出す。

「またあなたはだらしのない格好をして」

カーゴパンツに眉を顰めた叔母に軽く頭を下げて朝食をもらうと、葵竜は他に誰もいない座敷で静かに食事を済ませた。途中で携帯電話が震え始める。太獅からのメールだ。

――本日の稽古は休みとする。自分で練習しておくように。

葵竜は眉を顰めた。

太獅が稽古を休むなんて、初めてだ。

体調でも悪いのだろうか。それとも自分が当てつけがましく女と密会したせいで落ち込んでいるのだろうか。

葵竜はぱちんと音を立てて携帯電話を閉じた。

別に俺は悪くない。悪いのは、いきなりあんな行為に及んだ太獅だ。

そう思うのに、胸が騒ぐ。

+　+　+

それから三日間、太獅《たいし》は一度も葵竜《きりゅう》の前に姿を現さなかった。

葵竜は独りで稽古をしたり母屋の雑用を手伝ったりして淡々と日を過ごした。

太獅がいない方が平和でいい——筈なのに、なんだか落ち着かない。

四日目、久しぶりに現れた太獅は、目が死んでいた。おまけに額に大きな絆創膏《ばんそうこう》を貼っている。階段で転んだらしい。ちょっと擦りむいただけだと言葉少なに言う太獅は、葵竜の目を見ようとしなかった。

……もしかして滅茶苦茶凹《へこ》んでいる……？

押しの強さに心臓に毛が生えているのではないかとさえ思っていたのに、意外な打たれ弱さである。

「いきなり休みにして悪かった。では稽古を始めよう」

だが、稽古を始めた途端、太獅の背筋には一本芯が通った。どんな些細《ささい》なミスも見逃さず、丹念《たんねん》に丹念に曲を仕上げてゆく。

「――太獅兄さんは本当に箏が好きなんだな」

濃密な二時間の後、休憩《きゅうけい》を言い渡された葵竜は膝を崩した。

「なんだ急に」

「皆、俺を家元にして太獅兄さんを補佐にと考えているようだが、太獅兄さんは家元になりたいとは思わないのか？」

隙あらばさぼろうとしていた葵竜とは異なり、太獅はいつも生真面目に稽古をこなしていた。名取になるのも早く、葵竜を叱る時、父はいつも太獅を引き合いに出していた。

――つくづく葵竜は思う、自分は家元の器などではないと。

「箏が好きなのはおまえの方だろう」

「俺？　俺は別に――」

「稽古嫌いだったのは、うるさく怒られるばかりで好きに弾かせてもらえなかったからだろう？　演奏を聞けばわかる。おまえの音は、豊かだ。箏を奏でる楽しさや音楽に対する愛情に溢れている」

「……太獅兄さんの目、変なフィルターがかかってないか？」

「いいや。そう感じていたのは私だけではない。大先生が根気強くおまえを導こうとしたのは、息子だからではなく、稀に見る才能を見い出していたからだ」

母と同じ事を言われ、葵竜はむず痒くなってしまった。

「だから大先生はあんなに厳しく稽古をつけようとした。まあ、幼かったおまえにそんな事がわかる筈もないがな。大先生は、どうしようもなく不器用な方だし」

不器用？

葵竜は記憶の中を慌てて浚《さら》ってみた。

父に優しくされた記憶などない。父はいつもむっつりと唇を引き結び、不機嫌そうに葵竜を見下ろしていた。だから葵竜は、父は自分のようなのが息子である事が気に入らないのだろうと思っていた。でも、そうではなく、ただ不器用なだけだったのか？

考え込む葵竜を、小さな咳払いの音が現実へと引き戻す。

「それより葵竜、この間の女性についてなのだが――」

葵竜は瞬いた。

太獅は畳の上に視線を落とし、言いあぐねている。

聞けよ、と葵竜は思った。

彼女との間に恋愛感情など欠片もない事くらいは教えてやるつもりだった。

だが結局太獅は何も聞かないまま、掌を握りしめた。

「いや、何でもない」

葵竜の眉間に力が籠もる。

あれだけの事をしておいて、今更そんな弱々しい顔を見せるなんて、卑怯《ひきょう》だ。

「明日はオーケストラの人たちと打ち合わせがてら、会場の下見に行く。出掛ける心づもりをしておけ」

「俺も行くのか？」

「黒橡《くろつるばみ》流の若手の代表格はおまえだからな」

太獅は表情を引き締めると、姿勢を正し爪をつけ直した。

「稽古を続けよう。通しで合わせる」

更に二時間ほどして、稽古はひとまず仕舞《しま》いになった。葵竜は母屋で遅い昼食を取ると、なんとなく気が向いて父の部屋を訪ねた。

父は留守だったが、坪庭の向こうの座敷に太獅がいた。これから稽古をつけるところなのだろう、弟子がしきりに額の絆創膏について心配している。太獅は穏やかに対応してはいるが、端から見ていても元気がない。

葵竜は離れに戻り、縁側の硝子戸を開けて腰を下ろした。季節は既に冬、かなり寒いが頭を冷やすのにはちょうどいい。

やりすぎたのではないか、という気がした。

太獅のした事は一方的でとても褒められたものではなかったが、葵竜は太獅にしてみれば年の離れた弟のような存在だった。欲望の対象としてしまう事への葛藤は大きかったろう。思い詰めてしまっても不思議はないのかもしれない。

葵竜は唇を指の節でなぞる。

――俺もずっと太獅をオカズにしていたんだしな。

葵竜と太獅の差は、欲望を現実に持ち込んだか否かのみだ。自分だって一歩間違えれば、同じような事をしていたかもしれない。

――そもそも劣情と恋情の境界《きょうかい》は曖昧だ。俺がこうまで両者を明確に切り離して考えてきたのは、きっと怖かったからだ。望みのない恋をするのが。

ぎしりと床板が軋む音がした。

反射的に目を遣った葵竜は、誰もいないとばかり思っていた離れの廊下に太獅の姿を見い出しぎょっとした。気が付けば思った以上に時間が経過している。

床を軋ませ近付いてくる太獅は、憑《つ》かれたような目をしていた。

「太獅兄さん、もう仕事は――――!?」

最後まで言う事はできなかった。

いきなり太獅に肩を掴まれ、葵竜は柱に躯を押しつけられた。何をすると怒鳴るより先に口を塞がれる――――唇で。

「ん――――――!」

手がシャツの下に潜り込み、直接素肌をまさぐり始めた。

「ちょ、何、やめ……っ」

「葵竜……っ、葵竜、葵竜……っ！　許さない。他の女になど――――」

「ええ……!?　さっきは質問もできなかったくせに、なんでいきなり切れてんだよ……！」

嫉妬と独占欲を剥き出しにして迫ってくる太獅に、葵竜は呆れた。

「ここ……っ、縁側……っ」

必死に太獅の肩を押し返し、引き剥がそうとする。万一《まんいち》誰かが離れに来て、こんな場面を見たらまずい。だが太獅は、そんな事にすら頭が回らなくなっているようだった。力任せに葵竜を組み伏せ、性急にジッパーを下ろそうとする。

「――っ、馬鹿野郎……っ！」

葵竜はぐっと膝を引き寄せると、太獅の腹を蹴った。

「う……っ」

さすがに苦しかったのだろう、拘束《こうそく》が緩む。だが諦める気はないらしい。また手を伸ばそうとしたので葵竜は柱に背を預けたまま、太獅の肩を思い切り蹴飛ばした。

さすがに持ちこたえられなかった太獅が、仰向けにひっくり返る。

葵竜は素早く立ち上がり、無様《ぶざま》な姿を見下ろした。

「葵竜……」

太獅が肘を突き、上体を起こそうとする。葵竜はその胸に無造作《むぞうさ》に片足を乗せ、浮きかけた躯を廊下に押しつけた。

「太獅兄さんがこんな馬鹿な人だとは思わなかった」

冷たく響く声に、太獅が整った顔を歪める。

葵竜は少し首を傾け、訝った。

本当に、ここにいるのは葵竜が兄のように慕い続けていた男なのだろうか。

怜悧《れいり》な美貌もなんでもそつなくこなす有能さもない。目の前でみっともなく足掻いているのは、ごく普通の――いや極めて格好悪い男だ。

「おまえの前では格好をつけていたからな、私は。いい兄だと思われたくて――ずっと」

のろのろと起き上がり縋るような目で見つめてくる男から、葵竜は目を逸らした。

なんだ、それは。

そんな昔から猫をかぶっていたのか、この男は。年端《としは》の行かぬ子供相手に。

どうやら葵竜が知っている完璧な太獅は虚像に過ぎなかったらしい。

幻滅《げんめつ》だ。

幻滅、なのに。不快ではなかった。

むしろどうしようもないが故に胸に迫るものがあった。この男は本当に自分が好きで――だからこそ余裕をなくしているのだ。

「くそ……っ」

葵竜はばたばたと足音を立ててその場から逃げ出した。階段を上り、障子を閉める。

——障子を閉めるように簡単に、何もかもを閉め出してしまえたらいいのに。

だが現実はそう簡単にはいかなくて、葵竜は途方《とほう》に暮れる。

＋　＋　＋

待ち合わせ場所は演奏会が行われるホールの前だった。太獅《たいし》と葵竜《きりゅう》の他に、京雅《きょうが》と当日裏方を担当するという数人の門下生、それから当日の撮影を委託された外部スタッフが同行する。

既に到着していた見知らぬ人たちに太獅が親しげに挨拶するのを、葵竜は一歩下がった場所で見ていた。

「黒橡《くろつるばみ》さん、着物なんですね。格好良いー！」

「今日はよろしくお願いいたします」

京雅が葵竜の耳元で囁く。

「あっちの髪の長い女性がいるだろ？　ヴァイオリン奏者なんだけど、太獅兄さん、オペラを見に行って会場で彼女に逆ナンされたらしい。すごいよね。そんな縁をこういう風に生かしてしまうなんて」

「へえ……」

太獅は他のメンバーとも仲良くなり、バーベキューに行った事があるらしい。そういう繋がりだからか、オーケストラ側も若手ばかりの編成のようだ。

葵竜も挨拶をすると、あらかじめ配布されていた資料を手に事務所を訪ねて会場内を見学させてもらった。公演のない日でないと駄目なので、色んな団体の見学が立て込んでいるらしい。京雅は現在考えている割り振りでいけるか楽屋の位置や広さを見に行った。門下生たちも動線のチェックなどに散ってゆく。

葵竜は太獅たちと舞台の上に立った。

「いつもよりキャパが多いな」

毎年門下生の発表会などで複数回演奏会を行っているが、ここまでいいホールを使った事はない。

「ああ。クラシックコンサートで使われる会場だから、音響もいいぞ」

誰かがぱんと手を打ち鳴らす。マイクなど使っていないのに、いつもとはまるで音が違って聞こえた。

ここで演奏するのか。

ずらりと並ぶ、臙脂色の柔らかそうなシート。階段状の配置のおかげで観客から演者がよく見えそうだ。だがそれは演者から観客がよく見えるという事でもある。

ぱっとライトが切り替わる。いつのまにか客席に回った京雅が、借り物のトランシーバーで何か指示を出しながら、舞台を眺めている。

客席後方に設置されたスポットライトがつくと眩しくて、葵竜は舞台の裏側に回った。

がらんとした空間を横切り、廊下に抜ける。ここには楽屋が並んでいるが、もう皆舞台の方に行ってしまったのだろう、静まり返っていた。

あれ。

葵竜は周囲を見回す。やはり目の届くところには人っ子一人いない。

——今なら逃げ出せる、のか？

廊下の半ばまで歩いて背後を窺ってみるが、やはり誰も来ない。

太獅は皆に囲まれ忙しそうにしていた。きっと葵竜がいなくなったのに気付いていない。

葵竜はそのまま廊下を通り抜け、外へと出た。五分ほど離れたところにある大きな駅まで歩く。

ひっきりなしに聞こえてくる、発着を告げるアナウンス。狭い階段や通路を流れてゆく、大勢の人たち。漂ってくる立ち食い蕎麦《そば》の匂いを懐《なつ》かしく思いながら、ちょうどホームに入ってきた電車に乗り込み、葵竜はほっと一息ついた。

ここまで来れば太獅も追ってこられないだろう。

演奏会の事もあるし、このまま逃げ出すつもりはないが、少し息抜きがしたかった。外に全く出られない生活はやはり息苦しいし、太獅の事もある。たまには家とは関係のないところで頭をカラッポにして酒でも飲みたい。

携帯を取り出し、仲のよかった友人のメールアドレスを探す。メールを打って送信ボタンを押そうとした時、ここにいる筈のない男の声が聞こえた。

「どこ行くの」

心臓が、跳ねる。

焦って振り返ると、すぐ後ろに、京雅がいた。吊革《つりかわ》に掴まって、葵竜の携帯を覗き込んでいる。

間抜けな声が漏れた。

「なんでここにいるんだ？」

「葵竜がこそこそ会場から出て行くのが見えたから、正面入り口を開けてもらって追いかけたんだ。駅に行くにはその方が近いしね」

柔らかな顔立ちに、見た目だけは華やかな笑みが浮かぶ。

「葵竜、逃げる気？」

さりげなく肩を掴んだ手に、逃がすまいという意志を感じた。

葵竜は送信ボタンを押すのを止め、携帯を折った。

「いや。家には必ず帰る。だから見逃してくれ、京雅」

京雅が優美に首を傾げる。

「……とりあえず、お茶でも飲もうか」

電車は減速を始め、ホームへと滑り込んでゆく。


大きなターミナル駅で電車を降りると、二人はカフェに入った。寒いせいだろう、テラス席には誰もいない。重い硝子戸を押し開け外に出ると、冷たい風が頬を撫でる。

「――で、帰る気があるならなんで逃げようとした訳？」

白いガーデンチェアに腰掛けた京雅がメニューを広げた。

「コンビニにすら好きに行けない生活を送らされてるんだ。たまには羽目を外さないとストレスでおかしくなる。ただでさえ太獅兄さんと俺は折り合いが悪いんだし」

京雅は太獅が葵竜に厳しく接していたのを知っている。その後会っていなかったからこう言えば理解してくれるだろうと踏んだのだが、

「あれ、そうなのか？　お互いに胸襟を開いて話し合って、関係は改善したんだと思ってたけど」

京雅は太獅から何か聞いているようだった。見透かしたような微笑みに、葵竜は唇を噛む。

「いやそれが、以前よりもっと複雑怪奇な事になってしまってだな」

「ふうん」

テーブルの上のベルを押し、京雅がスタッフを呼ぶ。オーダーを聞いたスタッフがテラス席から出て行くまで、葵竜は黙りこくっていた。

適当な言い訳をひねりだそうとするのだが、思いつかない。

京雅は鬱陶しそうに顔を顰め、煙草を取り出す。

「まったくもう。面倒くさいな、君たちは。言いにくいなら僕が言ってあげようか。葵竜、君、太獅兄さんと寝たんだろ」

手慣れた仕草で火を点け、紫煙を吐いた京雅を、葵竜は呆然と見つめた。

「――――なんで知ってんだ……？」

京雅は綺麗に首を傾げ微笑む。

「そうだな、僕が太獅兄さんの親友だから？」

「京雅ってそんなに太獅兄さんと仲良かったか？」

「自分が一番の仲良しだと思ってた？」

含みのある問い返しに、葵竜は戸惑った。

「いやそんな事はないが」

「ジジババばかりの黒橡の中では太獅兄さんは一番年の近い同性だったからね。仲良くだってなるさ」

うまそうに煙草を味わっている京雅を葵竜は見つめた。

「京雅は、なんで俺たちの事知ってんのに平然としてるんだ……？」

「平然としてちゃいけない？」

煙草を摘んだ指先が優雅に視界を横切る。

「だって、男同士なんだぞ？」

「だから？」

「だからって……おかしいだろ？」

「理由はそれだけ？」

葵竜は苛立った。

「それだけって……それで充分だと思うんだが」

「太獅兄さんだってそれくらいわかってる。それでもあえて君に告白した。その覚悟の程が葵竜にはわからないのかな」

淡々と指摘され、葵竜は唇を噛んだ。

覚悟、か。

京雅が灰皿を引き寄せる。

「てゆーか、葵竜、君だって本当は太獅兄さんの事、好きなんだろ」

「はあ？」

京雅は吸い終わった煙草を丹念に消した。

「だって、僕が太獅兄さんの親友だって事すら気に入らないみたいだし」

「子供じゃあるまいしそんな訳あるか」

京雅が意地悪く目を細めた。

「自覚してないの？　ガーンって顔してたよ、さっき」

――――え。

葵竜は動揺する。

「ねえ、葵竜。葵竜は太獅兄さんが嫌い？」

「嫌い……ではない、が……」

「へえ、無理矢理抱かれたのに嫌いにはならないんだ？」

葵竜の視線が落ち着かなく揺れる。

「嫌いじゃないのに、太獅兄さんの何が気に入らなくてつれなくしているのかな？」

「……今まであんなに冷たかったのに、急に掌返されて納得できるか」

「ああ、そうだよねえ」

「俺はずっと我慢して、苦しい思いをしてきたのに、太獅兄さんときたら、急に態度を変えて、好き勝手して……腹が立つ」

「うんうん」

頬杖を突き無責任に頷く京雅に、葵竜は溜息をつく。

「京雅は、俺と太獅兄さんが付き合ったらいいと思っているのか？」

「うん。だって可哀想だろう？　太獅兄さんはもうずっと君に恋し続けてるんだ。太獅兄さんが黒橡に留まっているのも、留学したのも、葵竜の為だし」

「ん？　俺の為って……留学が？」

「傍にいたら自分が何をしでかすかわからないって言ってね。手の届かない距離を作ろうとしたんだ。まあグローバル社会に即応できる人材を育成しておきたいって大先生の意向もあったけど。――それだって将来的には葵竜の為だしね」

葵竜と太獅の年齢差は八歳、太獅が留学を決めた頃、葵竜はまだほんの子供だった。そんな頃から太獅は自分を思っていたのだろうか。

「――正直、引くな」

「葵竜だってちっちゃな頃から太獅兄さんの事を異常なくらい慕ってたくせに。今だって気にしすぎ。普通はいい年した男が親戚のお兄さんをここまで気にしないよ。葵竜、よく自分の心の中を見つめてごらん。君は最初から太獅兄さんに恋していたんだ」

「えぇー」

太獅の親友だからだろうか。京雅がぐいぐい押してくる。

いやいやありえないからと否定するのは簡単だが、葵竜はそもそも太獅にしか興奮できない躯だった。それなのに『男同士は駄目』なんて、我ながら矛盾《むじゅん》している。

太獅の舌が特別なのは、太獅自身が葵竜にとって特別だったからなんじゃないか？

葵竜は身震いした。急に怖くなってくる。これ以上この問題について考えたくない。

「それからさ、葵竜が太獅兄さんを拒絶したら、黒橡は大変な事になるんだよ。葵竜は知らないだろうけど、太獅兄さんは気が向かない事には本当に冷淡な人なんだ。今まで一生懸命やってくれていた発表会の手配やら事務やら、全部放り出してどっかに行っちゃうかもね」

言葉が耳を素通りしてゆこうとする。

葵竜の知る太獅は、責任感が強くて何事も緻密《ちみつ》にこなす大人だ。与えられた仕事を投げ出す事など絶対にない。だが――と、葵竜は昨日の太獅のみっともない姿を思い出す。葵竜が知らないだけで太獅にはそういう面もあったのだろうか？

「太獅兄さんはまあ、色々とアレな人だけど君以外眼中にないんだ。好きって気持ちだけは信じてあげて」

京雅が蠱惑《こわく》的な声で囁きかける。戸惑う葵竜に刻みつけようとするように、一つ一つの言葉をゆっくりと舌に載せる京雅は、どこか悪魔めいていた。

ぶうんとどこかから振動音が聞こえてくる。

京雅がポケットから震えている携帯電話を取り出した。

「太獅兄さんからだ」

返信メールを打つ為何度か指先を動かし、京雅がふと目を上げる。

「ねえ、太獅兄さんの気持ち、聞いてみたくない？」

＋　＋　＋

静かな住宅街の中で、明るい光を放つその店だけが浮かびあがっているように見えた。

かつて葵竜《きりゅう》が太獅《たいし》に連れて行ってもらったバールは今日も賑《にぎ》わっている。京雅《きょうが》は、太獅が奥のカウンターにこちらに背を向けて立っているのを確認すると、振り返った。

「僕たちの後ろの席に座りなよ」

「……本当にやるのか？」

「ここまで来て何言ってるんだよ。大丈夫、バレやしない」

葵竜は京雅に借りたニットキャップとサングラスで変装していた。コートも自分では絶対に買わない、艶のある黒のダウンに替えている。

完全に顔が隠れている訳ではないが、印象は大分違う筈だ。太獅に背を向けて座ればまず気付かれないだろう。

グラスワインを飲んでいる太獅の後ろの席に葵竜がこっそり座ると、京雅がわざとらしくブーツを鳴らし太獅に近づいた。

「ごめん遅くなって」

「いや」

「打ち合わせの方は無事済んだ？」

「ああ。向こう経由で雑誌の取材の話も来ているらしい。私が対応する事になった」

「へえ、よかったね」

「ああ。できれば継続したいからな、この演奏会は」

淡々と仕事の話が続く。京雅もワインを注文し煙草に火を点けたのだろう、ライターを使う音がした。

「またやるって言ったら、頭の固い上の連中がなんて言うかな」

「うるさい事を言ってくるだろうが、大先生は賛同している。放っておけばいい。伝統は大事だが、もっと先を見据えていかないとな」

近づいてきたスタッフに、葵竜はメニューを指さしてソフトドリンクとオリーブのマリネを注文する。

「ところで、葵竜は」

葵竜がオーダーを終えるのを待っていたかのように、太獅が切り出した。

「ごめん、見失った」

京雅は堂々と嘘をついてのけた。

一緒に現れなかった事で予想していたのだろう、太獅は驚かなかった。

「いや……仕方がない。私が悪いんだ」

「まあ、そうだよね」

親友なのに、京雅は意外と冷たい。ちらりと後ろを盗み見ると、太獅は高いカウンターに肘を突きそうなだれていた。

「死にたい気分だ……」

「ねえ、もう葵竜なんてやめてしまえば？　あの子、別に容姿がいい訳でもないし、可愛げもないじゃないか。太獅兄さんが追っかける程の子じゃないよ。太獅兄さんさえよければ、僕がもっといい子を紹介してあげる」

「それ以上くだらない事を言ったら怒るぞ。おまえは知らないんだ。葵竜が時々私だけに見せるはにかむ仕草の愛くるしさを」

葵竜はウーロン茶を吹き出しそうになった。

愛くるしいってなんだ。はにかんだ覚えなどないぞ。

太獅と京雅の会話は続く。

「まあ、ねじ曲がった太獅兄さんから見るとそう見えるのかもしれないけど……よく照れもせずそういう事が言えるなあ」

「あいつは、天使だ」

葵竜はナプキンで口元を押さえた。

顔が熱い。

店内の様子を鏡のように反射している正面の窓硝子の中、太獅は愛おしそうに目を細めている。

「ちっちゃい頃から俺に懐いて、にーちゃ、にーちゃって後をついて回ってたんだ。朝学校に行こうとすると足にしがみついて、行かないでって泣くんだぞ？　危うく不登校になりそうだったな」

「……一体何年前の話をしてるのかな、太獅兄さんは」

くすりと笑い、太獅は新しいワインをオーダーする。

「あいつがまだ小さい頃に私の父が死んだ事を覚えているか？　私もまだ子供だったし、母はああいう人で役に立たなかった。代わりに何もかもを采配してくれたのが葵竜の両親だ。何も支障が出ないよう皆を動かして、父の容態が急変する度、病院に駆けつけてくれた」

「そういえばそういう事もあったね」

「大先生には本当に感謝しているが、その皺寄せでまだ幼かった葵竜がほったらかしにされた。今でも時々思い出すよ。学校から帰ると誰もいない薄暗い台所で、あの子がたった一人でおやつを食べていた姿を。黙々とおやつを食べる葵竜は子供なのに怖いくらい無表情で、背筋が冷たくなった」

おかあさんはぼくのことなんか、どうだっていいんだ。

あの頃、葵竜はそう思っていた。おやつを用意するのも忘れ去られていたので、腹が減ると勝手にもらいもののお菓子を漁って一人で貪った。家の中に他にも大人がいるからだろう、両親が何の断りもなく出掛けてしまうのはいつもの事で、葵竜は特別な事情があるとは知らないまま、稽古の時以外は自分の事など思い出しもしないのだろうと卑屈に思っていた。

だが、と葵竜は今ようやく気付く。あれは、先代が入院していたせいだったのか……？

「でもな、私の顔を見た途端、あの子は嬉しそうににっこりと笑ったんだ。――あんなにも切なくて愛おしい笑顔を私は他に知らない」

葵竜は太獅を見つめる。

覚えてる。

あの後、太獅は毎日早く帰ってくるようになった。二人分のミルクをあたためてくれ、葵竜と少し遅いおやつを食べた。

太獅と一緒にいられるのが葵竜は嬉しくて仕方がなかった。太獅と一緒に食べる菓子はどれもおいしく、葵竜を幸せな気分にした。

――葵竜は太獅が本当に、大好きだったのだ。


「ああそう」

気のない相槌《あいづち》を打つ京雅に、太獅が眉を顰める。

「ちゃんと聞け、京雅」

「はいはい。でもそれって恋じゃなくて同情なんじゃないか？」

葵竜ははっとした。そうだ。きっと、そうだ。

だが太獅はきっぱりと否定した。

「違うな。今話したのは単なる始まりに過ぎない。私が葵竜を好きになった理由はまだたくさんある。二十年分全部話していいか？」

「……興味はあるけど、胸焼けしそうだね」

「おまえの胸焼けしそうな話を私はいつも黙って聞いてやっているんだが」

「僕はその倍、太獅兄さんの泣き言を聞いてあげてるよね」

二人の軽口《かるくち》を、葵竜は複雑な気分で聞いていた。気安い口調は二人の親密度を示しているのだろう。

胸が、ちりちりする。

「お客様、何かお飲物をお持ちしましょうか」

グラスが氷ばかりになったのに気が付いたスタッフが声をかけてくる。強い酒が飲みたかったが、悪酔いして馬鹿をやってしまいそうな気がした。

葵竜は黙って首を振り、席を立つ。

もう充分だ。

＋　＋　＋

夜の竹林はいささか薄気味が悪い。特に裏門から入ると、離れに灯りが点いていなければ真っ暗で足下さえ見えない。

酔っていたのだろう、太獅《たいし》はうっすらと足下が見えている事に気付かないまま竹林の半ばまで来て、立ち止まった。つと目を上げ、建物を見上げる。

弱い光に灰白《ほのじろ》い顔が浮かび上がる。

離れの二階には明かりが点いていた。

それだけではなく、煙草を吸う人影がある事に気が付いたのだろう、太獅の目が大きく見開かれる。

しばらく凝視した後、太獅は弾かれたように駆け出した。階段を駆け上がる足音が聞こえてくると、葵竜《きりゅう》は気怠い仕草で煙草を灰皿に押しつけた。

――太獅の事は好きだ。幼い頃からずっと、誰より好きだった。

だがやり方が気に食わない。

「葵竜！」

「おかえり、太獅兄さん」

窓枠に座っていた葵竜は怠そうに身を屈め、灰皿を床に置く。

「おまえ――今まで一体、どこに――」

「発表会が終わるまでだ」

唐突に告げた言葉に、太獅は訝しげに眉を顰めた。

そんな顔でさえ魅力的だなと思ってしまうあたり、葵竜も終わっている。

「そうしたら俺は就職活動を再開する」

「私から逃げる気か？」

逃げなのだろうか、これは。

「俺は父さんに借金があるからここにいただけだからな。発表会が終わったらここから出てゆくのは当然だろう？」

太獅が目を細める。

「葵竜、私を挑発するな」

苛立たしげに髪を掻き上げる、どこか不穏な仕草に心拍数が増えた。

「別に挑発なんかしてるつもりはない」

「もうわかっているんだろう？　そんな事を言われて私が平気でいられる訳がないと」

太獅に力一杯掻き抱かれ、葵竜は窓の外を眺めた。

太獅の腕は細かく震えていた。

「どうしてこんなにもおまえを好きになってしまったんだろうと、時々思うよ。どうして私には普通の、ありふれた恋愛ができないのか、と」

畳の上に押し倒される。打ち付けられた背中が痛い。

「おまえは八つも年下で――――つれないのに」

やめろと言ってみたが、何の意味もなかった。

太獅がベルトを緩めようとする。

止めようと伸ばした手は、乱暴に打ち払われた。あくまで葵竜の手をどかせようとしただけで暴力とまでは呼べない動きだったが、躯が竦んだ。

今まで太獅がいかに丁重《ていちょう》だったたか、葵竜はようやく気付いた。

行為は強引だったが太獅の指先は優しく、傷つけまいとする心遣いに満ちていた。唇にも舌にも、切ない程の恋情が感じられた。

「だが好きなんだ。頭がおかしくなりそうなくらいに、おまえが欲しくて、欲しくて」

尚も抵抗しようとする葵竜の両手首を太獅が掴む。左手を膝で押さえつけると、葵竜はどこからかふわふわしたものを取り出した。

「――ちょっと待て。なんだそれは！」

葵竜は慌てて渾身の力を振り絞るが、太獅の拘束は解けない。

艶々とした黒いファーで飾られたリストバンドを鎖で繋ぎ合わせたような手枷が手首に巻き付けられる。ぴっちりとストラップを締めると、太獅は押さえていた左手にも巻き付け繋いでしまった。

両手首を拘束され、葵竜は愕然とする。

「太獅兄さん、何でこんな物を持ってるんだ……？」

服を掴まれ、俯せに姿勢を変えられる。腰を引き上げられると、緩められたズボンがずり落ちた。

まずい。このままじゃ、またヤられてしまう。

這って逃げようとしたが、無駄な足掻きだった。力任せに引き戻され、畳で掌が擦り剥ける。

トランクスが引き下ろされ、後ろが剥き出しになった。犯してくださいと言わんばかりの格好だなと思ったら、笑いが込み上げてきた。

一体どこまで駄目なんだ、この人は。強引に躯を繋げたところで何一つ解決しないのに。

ずくり、と奥まで指を押し込まれる。思わず痛いと漏らすと、太獅が動きを止めた。

ゆっくりと息を吐く音が、微かに聞こえる。太獅の吐息は、激情を押し殺そうとするかのように震えていた。

「一体どうしたらおまえは私を好きになってくれるんだ？」

ジェルのキャップが傍に投げ捨てられる。

冷たく硬いものが狭い場所に押し当てられたのを感じ、葵竜は身をよじった。

「動くな。おまえだって気持ちよくなれる方がいいだろう？」

細くなった先端が、中へと押し込まれる。圧迫感と共に、腹の中が冷たくなった。引き抜かれた容器を放り出し、太獅は指でぬくぬくと葵竜の中を慣らし始める。鉤型に曲げた指で内壁を掻くようにして刺激されると、腰から力が抜けた。

初めての時程の抵抗は感じない。

内臓を弄《いじ》くられる怖さはまだ少し残っているが、ヤられたからといって自分の躯が壊れたりしない事を、葵竜はもう知っている。

それに、と葵竜は目を伏せた。

強引に組み伏せられ犯されそうになっているのに、太獅に対する嫌悪はなかった。ただ阿呆《あほ》だなと思っただけだ。葵竜は男なのに。太獅ならいくらでもいい女が選べるのだろうに、自分相手に熱くなって、こんな馬鹿な事をして……。

そんなに俺が好きなのか?

そう思ったら、胸の奥がじんわりと熱を上げた。

太獅が葵竜の腰を抱える。

熱いモノが後ろに押し当てられ、ゆっくりと中へと入ってくる。

あ————。

葵竜は目を瞑った。

座敷にリズミカルな音が響く。

はっはっという太獅の呼吸音。たっぷり濡らされた葵竜の中が泥濘《ぬかる》む音。それから突かれる度喉の奥から漏れてしまう、葵竜の感じ入った声。

「あっあっ、あっ、は、あ……っ」

どうしよう。

気持ち、いい。

無理矢理犯されているのに、葵竜の前は硬く張り詰め興奮している。……本当はこうして欲しかったからなのだろう。

京雅の言った通りだった。

葵竜は太獅が好きだった。だが頑なに自分の裡にある恋心から目を背けてきた。太獅以外オカズになりえないのが何故か追及しようともしなかった。

手に入るとは思えなかったからだ。太獅は同性で、しかも素晴らしく魅力的で、葵竜をそういう意味で欲してくれる訳がなかった。

最初から変な感情など抱かずにいた方が傷つかずに済む。

「あ――――あ……っ」

激情に駆られている太獅の動きは荒々しい。

奥まで勢いよく突き上げられると、目が眩む程の衝撃が体内を走り、潤んだ先端から蜜が溢れる。

「欲しいと言え。もっと私が欲しいと、私に抱かれて気持ちがいいと——言ってくれ」

余裕なく掻き口説く太獅に、胸がきゅんと締め付けられた。服がたくし上げられ、背中にせわしなくくちづけられる。背筋を舐め上げられたら、あふ、といやらしい声が漏れた。太獅を呑み込んだ肉が蠢《うごめ》き、雄を食い締める。

ああ、イきたい……。

既に前は硬く張りつめ、堪《こら》え性なく溢れさせた蜜で濡れている。扱きたくて仕方がないが、激しく突き上げられている今、躯を支えている手を外したら、顔を畳に擦り付けてしまうだろう。両手は手枷で繋がれている。片手だけ伸ばすという事もできない。

悶々としているといきなり中を埋めていたモノが引き抜かれ、葵竜は低く呻いた。

仰向けに転がされ、膝に絡みついていたズボンとトランクスが抜き去られる。黒い靴下だけが残った下肢を太獅が掴み、膝が胸に付く程押し広げた。

腰の下に丸めたコートが突っ込まれ、再び刺し貫かれる。

のしかかってきた躯を反射的に押し戻そうとした手を繋ぐ鎖を捕まえ、太獅は畳の上に押さえつけた。抵抗を封じたままずんと腰が突き出される。

奥を抉られ葵竜は、慄《おのの》いた。

「……あっ」

――――いい！

後ろから責めていた時と同様に太獅の動きは荒々しかったが、今度は正確に葵竜の弱みを突いてくる。

「あっ、あ……っあ、あ……っ」

葵竜はたまらず頭を打ち振った。畳に擦れ、髪が小さな音を立てる。

も、だめ、だ……。

気持ちがいい。でももっと気持ちよくなりたい。射精、したい。

ちょっと前を擦ればイけそうなのに、太獅に鎖を押さえつけられているせいで、できない。

おかしくなりそうなくらい感じているのに満たされない欲求に、葵竜は躯をのたうたせた。太獅の雄に刺し貫かれたまま、瀕死の獣のようにもがく。

喘ぐのに必死で開けっ放しになっていた葵竜の唇を、太獅が焦らすように舐めた。途端にぞわっと躯の芯から震えがくる。

「感じているんだろう？　それとも本当に私にこんな事をされるのは厭なのか？　葵竜

──葵竜、頼む、教えろ」

葵竜は快楽に潤んだ目を上げる。

熱っぽい視線が絡んだ。

太獅が酷く哀れに感じられた。

感じる、と言ってしまえばいいのかもしれない。厭なんかじゃない、もっとしてくれと言えば、きっと太獅は幸せな気分でこの行為を楽しめる。

だが──駄目だ。

「葵竜……っ」

何も言わない葵竜に、太獅の表情が歪んだ。更に強く、深く腰が打ち込まれる。

がつがつとイイ場所を穿たれ、葵竜は乱れた。

「太獅……っ、やめろ、そこ、ばっか……っ、あ、ああ……っ！」

葵竜は押さえつける太獅の手をきつく握りしめた。揺さぶられる度腹の間で、硬く反り返ったモノが揺れる。

太獅がふとソレに目を遣り、葵竜の手を放した。

興味深げに葵竜のペニスを掴む。

葵竜は期待に満ちた目で太獅を見つめた。

イかせてくれ。

ふ、と太獅が唇を歪め嗤った。

愛しげに指先で感じやすい先端をなぞる。ひく、と反応した葵竜に満足げな表情を見せると、太獅はおもむろに割れ目にねじ込むように爪を立てた。

「ひ、う……っ」

葵竜は仰け反った。

痛い。でも、気持ちいい。

熱いモノが腰の奥からせり上がってくるのがわかる。

太獅を呑み込んでいる後ろの肉がびくびくと痙攣《けいれん》し、もっとくれと雄を強く締め付けた。

はくはくと声にならない叫びを漏らし、葵竜は精を放った。

全身をくるむ靄《もや》のような快楽に、意識が沈んでゆく。

「こんなにいやらしく私を食い締めてるくせに、まだ私を拒むのか、葵竜」

遠くで太獅が恨み言を言っているのが聞こえたがそれ以上意識を保てず、葵竜は目を閉じた。

ほんの数分、ぼうっとしていただけだと思ったのに、気が付くと葵竜は布団の上に横たわっていた。

「くそ」

起きあがると、躯の上に掛けられていたものがぱさりと落ちる。葵竜はそれを拾い上げ、しげしげと眺めた。葵竜の手からぶらさがっているのは、緋色《ひいろ》の襦袢《じゅばん》だった。

「……なんだこれは……」

これも太獅の趣味か。

他に着るものもないようなので葵竜は仕方なく襦袢を羽織り、周囲を見回した。

心臓がどくりと不穏な鼓動を打つ。

葵竜がいたのは、太獅の座敷でも葵竜の部屋でもなかった。壁は階段がある一角以外は、荒々しい岩肌が剥き出しになっている。

葵竜が寝ていた四畳のスペースは、木の格子で囲まれていた。

ここは離れの地下にある、座敷牢だ。意識を失った葵竜を太獅がここに運び込んだのだろう。

葵竜は膝立ちで移動すると、格子の隅にもうけられた小さな潜り戸に手を掛けた。揺らしてみるが、開かない。外から大きな南京錠が掛けられている。葵竜は太獅に監禁されたのだ。

葵竜は床にあぐらを掻き、格子に寄りかかった。牢の中を見回す。

かつては畳が敷かれていた四畳のスペースには、葵竜が寝ていた布団と箏が運ばれていた。

葵竜は襦袢の前を合わせ、布団の中に紛れていた腰紐を結ぶ。そんな事をしていると、誰かが階段を下りてくる足音が岩壁に反響した。

「葵竜、起きていたのか」

食べ物が載った盆を手に姿を現した太獅に、葵竜は胡乱《うろん》な目を向ける。たいそうな事をしでかしてくれたくせに、太獅は平然としていた。

「腹が減ったろう。夕食を持ってきた」

格子のすぐ外に置かれた盆には、普段と同じ、ご飯や味噌汁、煮魚といった料理が並んでいた。何も知らない母たちが用意してくれたのだろう。

「ここから出せよ」

ひんやりとした板張りの床を踏み、葵竜は格子に近付く。襦袢の裾が乱れるのもかまわずあぐらを掻くと、太獅は妙に優しげな声を出した。

「出したらおまえは、ここから出て行ってしまうんだろう？」

太獅が尻ポケットから取り出したものを認め、葵竜は顔を顰める。

それは、葵竜の携帯電話だった。

『久しぶり。今から行っていいか。できれば泊めて欲しいんだが』

液晶画面には友人に送信しようとしたものの京雅の出現で果たせなかった一文が表示されている。携帯電話自体にパスワードでもかけておけばよかったのだろうが、これまでそんな必要性など感じた事がなく、また必要最低限の機能以外使っていない葵竜がそんな用意周到な事をしている訳がなかった。

「小さくて可愛かった頃ならともかく、俺みたいな平平凡凡な容姿の男に執着したって仕方がないと思うんだが」

「葵竜は誰より魅力的だ、私にとってはな」

太獅の眼差しは揺るぎない。己の中にある恋情を微塵も疑っていないのだ。

まずいな――――。

普段から離れには、京雅くらいしか来ない。母たちは葵竜たちの生活には不干渉だ。葵竜がここに閉じこめられている事に気付き助けてくれる事はなさそうな気がする。いや、もし気付いたとしても、単純に逃亡防止の為だと思われそうだ。何せ葵竜には前科がある

——と思われている。

「ずっと俺をここに閉じこめておく気か？」

葵竜は格子の外に手を伸ばし、まだあたたかい食事を引き寄せた。

平然としていた太獅の表情に初めて翳りが生まれる。

「……おまえは、何をしたところで私のものになってくれる気はないんだろう？」

膝の上に載せられた太獅の手が、強く握り締められた。

閉じこめられているのは葵竜なのに、太獅の方が追いつめられたような顔をしている。

「演奏会の日までだ。その日が来たら……諦める。だからそれまでは私のものでいてくれ」

葵竜の顔を見ないまま、太獅は言った。

そうか。それで終わりか。

その日が来たら、葵竜はこの地下牢から解放され、躯を重ねる事もなくなるのか。

放っておいたらこの男はどこまで独りよがりな事をしでかすのだろう。

葵竜はぐしゃぐしゃと前髪を掻き回し、溜息をつく。

＋　＋　＋

誰かが傍にいる。眠っている葵竜《きりゅう》の躯をまさぐっている。だがその手つきは、今までより段違いにいやらしい。

襦袢の上から股間を撫でられて、思わず鼻にかかった声が漏れた。

「ん……」

曖昧模糊《もこ》とした夢を、やけにリアルな声が揺さぶる。冷水を浴びせられたのにも似た衝撃が意識の中を走り抜け、葵竜は唐突に覚醒した。

――夢じゃない。

「何やってる、太獅《たいし》兄さん……うう……っ」

ぐっと尻の中に指を突っ込まれ、葵竜は呻いた。布団の中に太獅がいる。気が付けば腰紐も消え、ぐしゃぐしゃになった緋色の襦袢の下に太獅の手が無遠慮に入り込んでいた。

「ああ、悪いな。起こしてしまったか」

「こんな事されたら起きるに決まっているだろうが！　指を抜け。なんなんだ、これは」

寝起きのまだぼーっとしている頭で淡々と罵っているうちに、閃いた。

「……いや待てよ、太獅兄さん、まさか以前にも俺にこういう事したか……？」

太獅が涼しげな微笑みを浮かべる。

「なんだ、気付いていたのか。だが黙っていたという事は――」

「許容した訳じゃない！　夢だと思ってたんだ！」

葵竜は太獅を睨みつけた。

以前にも見た躯を探られる夢。あれは夢ではなかったらしい。

躯の内側で、太獅の指が蠢いている。いつもと同じ薬がもう入れられているらしく、躯が熱を持ち始め――意識がそこに集中してしまう。

「あ……、どうして、こんな事を」

太獅は葵竜の額に額を押し当てた。吐息が唇を擽る。

「おまえの寝顔を見ていたら我慢できなくなってしまってな。初めての時はただ確かめたかっただけだったんだが」

「確かめるって、何を、だ」

きつい肉の狭間を擦られるのがとてつもなく気持ちがよくて、葵竜は小さく身をよじった。

「欲しい欲しいとずっと思っていたが、いざ現実に触れてみたら萎《な》えるかもしれないと思った」

「萎え——なかったのか？」

「ああ、全く。それどころか肌に触れただけで血が沸騰《ふっとう》しそうになった。おまえのペニスにキスする事にも何の嫌悪も感じなかったし、しゃぶって、乱れさせて、おまえが吐き出す精を飲みたいとさえ思った」

「——変態」

「ふふ、そうだな。私は変態だ」

股間のモノが擦り合わされる。興奮を覚えたが、葵竜は太獅の胸を押した。不意を突かれた太獅の力が緩んだ隙に腕の中から抜け出し、牢の入り口に駆け寄る。

太獅が中に入っているのなら、南京錠が開いている筈だ。

だが格子戸は開かなかった。見ればしっかりと南京錠が掛かってる。太獅が中から閉めたのだ。

では鍵はどこだ？　今なら自分の手の届くところにある筈だ。

そう思ったが、葵竜はもう、動けなかった。いつの間にか近付いてきた太獅に背後から抱きしめられてしまったからだ。

「——よせ……っ」

咎める言葉は途中で消えてしまう。太獅の腕の中で葵竜はぶるりと躯を震わせた。

——耳の下の柔らかな皮膚を、太獅に舐められたせいだ。

舌が這いずる。

葵竜の肌の上を。

それだけで葵竜は震えてしまう。

襦袢の裾がたくし上げられ、思わせぶりに尻が揉まれた。剥き出しになった蕾《つぼみ》にずくりと親指を挿入され、葵竜は格子を握り締める。

痛みはない。

そこはもう、充分柔らかくなっている。

「あ……っ、くう……っ」

ずくずくと後ろを慣らしながら太獅が首筋を責めてくる。舌先でちろちろと舐められ、葵竜は仰け反った。

「はう……っ。や……、やめ……っ。やめ、ろ……っ、舐め、んな」

かくんと膝から力が抜け、座り込みそうになった葵竜の腰を太獅が掴んだ。軽く後ろに引いて突き出すようにさせ、立ったまま後ろから貫く。

「あ………あっ」

葵竜は襦袢の袖を噛み締めた。

地下牢とて音が漏れない訳ではない。万一誰かが離れに来ていたら、聞こえてしまうかもしれない。太獅とセックスしているなんて、誰にも知られる訳にはいかない。

足がくがく震えた。

葵竜は格子に抱きつくように縋りつく。

太獅に突かれる度、格子がぎしぎしと不穏な音を立てた。

深い場所まで抉られれば、確かな快楽が葵竜の中を走り抜ける。

ああ、それ、いい……。

きゅ、と中が締まったのを感じたのだろう、太獅は執拗にそこを狙い始めた。

「ん……っ、ん、ん、ふ、う…………っ」

許容量を越えた鋭い快感に、びくびくと躯が戦慄く。

太獅はこの地下牢に閉じこめてから欲望を隠さない。狂おしい程葵竜を求めてくる。

太獅が運んでくるものを食べて、稽古をして、セックスして。そんな風に日々が過ぎてゆく。

傍若無人《ぼうじゃくぶじん》に振る舞いつつも、太獅がふとした瞬間に諦念の色を浮かべるのに葵竜は気が付いていた。

太獅は発表会の日が来たら、葵竜が予定通りここを出て行くと思っているのだろう。そしてそうなったら、諦める気でいる。多分それが一番いい。太獅も葵竜も男で、こんな関係が外に知れたら白い目を向けられるだけなのだから。

だが、そんなことが本当にできるのか？

地下に来てから葵竜と太獅は一日とおかず交わっている。回数をこなす毎に太獅の手際がよくなり、葵竜の負担は減っていた。熱いモノはまるでそこが自分の居場所であるかのようにすんなりと葵竜の中に入り込み、女のように感じ入らせる。

馴染《なじ》んでゆく肌。

慣れてしまえば太獅といるのは心地いい。ずっとこのままでもいいような気さえする。だが好きなら地下牢に閉じ込めて好きにしていい訳ではないのだ。

汗ばんだ肩から襦袢が引き下ろされる。剥き出しになった背筋を舐め上げられたら力が抜けそうになってしまい、葵竜はとっさに爪先に力を込めた。

「あ……っ、太獅……っ、だめだ、だ……っ」

濡れた音が地下牢に響く。

躯が、熱い。

灼《や》け爛《ただ》れてしまいそうだ。

太獅が葵竜の耳朶をねっとりと舐めた。

「好きだ、葵竜。愛している」

情熱的に囁きながら、太獅が腰の動きを速める。突き上げられる度指先まで走る快楽に、葵竜は壊れてしまいそうになった。

「はあ……っ、ん、は……っ、い、かげんに、たい、し……っ」

「出すよ、葵竜」

腰を掴む腕に力が入る。

躯の奥に熱い精が打ち込まれた。

荒い息遣い。満足げな呻き声。

熟れた肉の狭間から力を失ったモノが抜き出されると、なまあたたかい液体が秘所から溢れる。

「あ――――あ……っ」

葵竜は恍惚と目を細め、喘いだ。

内股を精液が伝い落ちてゆく。太腿から膝に、そしてふくらはぎに。

小虫が這うのにも似た淫猥な感触が、たっぷり中で出されたのだと葵竜に思い知らせた。

拭かなければと思うが、葵竜は動けない。まだ前が硬く張りつめているからだ。

「すまない。先に達《い》ってしまった」

襦袢を腰に纏《まと》い付かせただけという猥雑《わいざつ》な格好で震えていると、太獅が剥き出しの尻にくちづけた。

「葵竜。こっちを向け」

のろのろと躯を半回転させ、葵竜は太獅と向き合う。

太獅は床に膝を突いていた。

先走りに濡れ反り返っているモノにその秀麗な顔が寄せられる。

「あ……」

太獅の――――舌。

何度も妄想してきた太獅の舌が、ねろりと葵竜を舐めている。

葵竜はとっさに背後の格子を両手で掴んだ。

舐められただけなのに、葵竜は脳天まで突き上げるような快感を覚えていた。

太獅は深くくわえる事はせず、ただ張り詰めた皮膚の表面を丹念に丹念に舐め回している。

「あ――あ、あ――――あ――――っ」

葵竜は眉根に深い皺を寄せた。震える足を、格子を掴む事でなんとか支える。

躯の奥底から熱いものがこみ上げてきて、葵竜の躯を指先まで充たした。

「は……っ、太獅っ、出る……っ」

迫り上がってきたものを、止められない。葵竜は格子を握り締め、腰を反らせる。

「ん…………っ」

出る。出てしまう。

しまったと思ったが、太獅は避けるどころか逆に葵竜をくわえ込んだ。その口の中に葵竜は放ってしまう。

「あ……ごめ……」

格子に寄りかかったまま、葵竜はずるずると床に座り込んだ。太獅はこくりと喉を鳴らし、葵竜の精を飲み下す。

「謝る必要はない。気持ちよかったか？」

平然と問われ、葵竜は口籠もった。

「う……」

よかった。

だがそんな事は言えない。

目を逸らす葵竜に、太獅が慈愛《じあい》に満ちた笑みを向ける。

「愛している、葵竜」

接吻が与えられる。

葵竜はその場に座り込んだまま、反射的に目を閉じ太獅のキスを受け取っていた。最後に葵竜の頬を軽く撫でて立ち上がった太獅が、呆けてしまっている葵竜から汚れてしまった糯袢を脱がせ細々と後始末をする。

その手は優しく、労りに満ちていた。

「葵竜、湯を用意してくる。少し待っていろ」

汚れ物をまとめた太獅が出て行く。葵竜は横たわったままぼんやりとその後ろ姿を見つめた。


——わ、本当に牢屋がある！

——ここってお化け、出ないの？

脳裏に子供の声が木霊《こだま》する。

細く開いた扉の隙間から覗いてるのは、幼かった自分たちだ。

しばらく恐る恐る様子を窺っていた子供たちは、やがて一団となってぞろぞろと石段を下りてきた。この屋敷には滅多に来ない親戚の子が、物珍しげに薄暗い地下牢を見回している。

——肝試しなんだから、ちゃんと牢の中に入らなきゃ。

そそのかされ小さな戸を潜ったのは、葵竜だった。ふざけた子供たちが背後でがちゃんと戸を閉める。

父が家元になったばかりの頃だった。この代替わりを快く思わない親の影響か、この頃一族の子供たちはしばしば葵竜にいわれなき悪意を向けた。

——やだっ、開けて！

甲高い子供の笑い声が岩天井に反響する。

それまで肝試しなんて馬鹿らしいと思っていたのに、閉じこめられたら急に怖くなった。戸に鍵などついていないが、外から子供たちが押さえているせいで開かない。パニックになった葵竜が泣き出しそうになった時、開けっ放しになっていた隠し戸に影が差した。騒ぎを聞きつけて駆けつけた太獅は一目で状況を見て取ると、階段を駆け下り押し合いへし合いしている子供たちを掻き分けた。

乱暴に押しのけられた子供が痛いと悲鳴を上げたが気にも留めず、潜り戸を開く。

——たいし、にいさん……っ。

大急ぎで牢から出ると、葵竜は太獅に抱きついた。太獅もまた葵竜を抱きしめてくれた。いつだって太獅は葵竜の味方だった。

葵竜以外には目もくれない。

バールで太獅が口にしていたのと同じ、年齢と同じだけ積み上げられた『好き』が葵竜の中にもある。揺らいでいた心は、地下牢で太獅と二人きりの時間を過ごすうちにいつのまにか落ち着いてしまっていた。

答えはもう見えている。

葵竜は怠い躯をそろそろと動かすと、楽な姿勢に落ち着き目を閉じた。

+　+　+

演奏会当日、ようやく座敷牢から解放された葵竜《きりゅう》は、身支度を整え会場へと向かった。

控え室にはあらかじめ必要なものが運び込まれていた。

テーブルの上に積んであった桐箱を開け、薄紙を剥がすと、中から真新しい袴が現れる。

この日の為に、母が新しく仕立ててくれたものだ。

ここまで着てきたスーツを脱ぎ、襦袢から身につけてゆく。控え室の数は限られている為同じ部屋で太獅《たいし》もまた着替えをしているが、お互いに目もくれない。意識はもう、本番に向かっている。

着替えが終わると、葵竜は鏡の前に座って深呼吸した。

葵竜がいない間、黒橡《くろつるばみ》流の若手と言えば太獅と京雅《きょうが》だったが、今回京雅は演奏せず裏方に徹してくれた。おかげで太獅と葵竜は雑事に煩《わずら》わされる事なく演奏に集中できる。

これで、何もかもが終わる。

緞帳《どんちょう》が上がると子供たちが揃いの衣装で古曲を演奏し始めた。緊張しているのだろう、時々間違ったりもしていたが、子供たちの演奏には思わず応援したくなる可愛らしさがある。

客席はほとんど埋まっている。

葵竜は袖で出番を待つ。

演奏が終わり、お辞儀をした子供たちがぞろぞろと舞台袖へと出てくると、葵竜と太獅は初めてちらりと視線を交わした。

さあ、行こう。

一段高くなった所に二面、斜めに並べてある箏の前へと歩いてゆく。静かなホールに、衣擦れの音が響いた。

一礼して。爪を糸にあてて。

太獅の、擦《す》り爪――糸を擦って放った鋭い音――を合図に、二人は演奏を始めた。

最初の曲調は軽やかだ。

恋に落ちた歓びやときめき。――だが感情はいつしか嵐のように高まり、欲しいという綺麗なだけではない感情に支配されてしまう。

太獅の演奏は正確で理性的すぎる嫌いがあったが、今日は切々とした何かが感じられた。そこに葵竜が音を重ねて膨らませてゆく。

初恋――――。

多分この曲は、葵竜に対する太獅の気持ちを表現しているのだろう。

物狂《ものぐる》おしい調子は徐々に奇妙な穏やかさを取り戻していった。葵竜と距離を取り、諦めようとしていた頃の感情を表しているのだろうか。そこには深い愛情と慈《いつく》しみが感じられるような気さえした。

――まあ結局、この男には我慢なんてできなかった訳だが。

余韻を残し、曲は静かに終わる。

沈黙の後、大きな拍手が沸き起こった。

最後までミスなく演奏できて、葵竜はほっと息を吐く。

休憩を挟んで行われたオーケストラとの競演を、葵竜は客席の後ろで楽しんだ。箏だけ

では表現できない、壮大な音楽がホールいっぱいに広がる。

太獅の、京雅の努力が結実する。

皆、この希有な機会を楽しんでいるようだった。

盛大な拍手と、いつもの演奏会ではありえないアンコールを求める声。大きな花束に、ロビーで気さくに挨拶を交わす演者と観客たち。

それぞれの胸に楽しい思い出を残し、演奏会が終わる。

葵竜を黒橡の屋敷に縛るものはもう何もない。


その夜、葵竜は父に呼び出され奥座敷に足を運んだ。

父はいつもと変わりなく、床の間を背に端然と座している。

「ご苦労だったな、今日は」

労われ、葵竜は畳に手をつき深々と頭を下げた。

「お粗末様でした」

父が鷹揚に頷く。

「うん。技術的にはまだまだだが、一皮剥けたな。このまま精進《しょうじん》していって欲しいところだが——」

一旦言葉を切り、父は寂しげに微笑んだ。

「約束だからな。明日からは好きにすればいい」

父が懐から祝儀袋《しゅうぎぶくろ》を取り出し、畳の上に置いた。葵竜に向かってすっと押し出す。

「これは？」

「就職活動するにしても金は必要だろう？　……また家を出て行ってもかまわんが、時々帰ってくるようにしなさい」

「あ——……、その事なんだが……」

葵竜は頭を掻いた。少し気まずいが、葵竜はずっと胸の裡であたためてきた決意を切り出す。

＋

＋

＋

風呂をもらって、糊《のり》の利いた浴衣に袖を通す。いい加減に髪を拭きながら久しぶりに離れの自分の部屋に戻ると、葵竜《きりゅう》は風呂上がりで火照った躯を冷ます為に窓を開けた。木の窓枠に腰をかけ、煙草に火を点ける。

――そういえば、煙草を吸うのも久しぶりだな。

地下牢にいる間は、煙草もライターも手元になかった。まあこんなもの吸わずにいられればその方がいいんだが、こうやって煙草を吸っていると、しみじみと自由になれたんだという実感が湧き上がってくる。

そのままぼうっとしていると、からころと下駄の音が聞こえてきた。

程なく階段を駆け上がってくる足音に切り替わり、太獅《たいし》が息急き切って姿を現す。

「大先生に聞いた。どういう事だ。家を出るのはやめると言うのは――」

葵竜は半分ほどの長さになった煙草を灰皿に置いた。

「どうもこうもない。久々に箏を弾いて楽しかったし、なんだかんだ言っても金がないから家にいる事にしただけだ」

「葵竜……だが……」

「ストップ」

近付いてくる太獅に待ったをかけ、葵竜は足下を指さした。

「そこに座れ」

戸惑いを見せたものの、太獅は座布団の上に正座する。

「まずはお疲れさまでした。面白い演奏会だった。あれだけの企画を成功させてのけた太獅兄さんの手腕は素晴らしいと思う」

太獅も威儀を正して応じた。

「過分なお褒めの言葉を賜《たまわ》り、痛み入る。うまくいったのは葵竜が演奏に参加してくれたからこそだ。だが、葵竜――」

何か言おうとする太獅を、葵竜は強引に遮る。

「でも太獅兄さん、俺に対する諸々については反省すべき点が多々あるんじゃないか？」

太獅に反駁《はんばく》できる訳がない。何か言い掛けたものの、結局観念したように目を伏せる。

「……そうだな」

「どこが駄目なのか、わかってるのか？」

少し頭を傾け、太獅は考え込む。

「強引に抱いた事、か？」

葵竜は頬骨の辺りをほんのりと上気させ、新しい煙草を取り出した。火はつけず、指先で弄《もてあそ》ぶ。

「地下牢に閉じ込めた事もだ」

太獅は悄然と頭《こうべ》を垂れた。

「……すまなかった」

それだけでは足りないと思ったのか、腰を浮かして敷いていた座布団を脇に退《ど》かし畳の上に直接正座し、もう一度頭を下げる。

「悪かった」

畳に額を擦り付けるようにして頭を下げる男を、葵竜は眉を顰め見下ろした。

「謝るくらいなら最初からするな」

太獅が淋しげに微笑む。

「自制できるだけの余裕がなかったんだ。どうせ拒否されるのだろうと思っていたしな。なあ、葵竜。私はもう三十路を越えている。だが今まで誰にも惹かれたことがなかった。——おまえ以外には。私にはおまえ以外いないんだ」

「その割には随分手慣れてたみたいだが?」

気まずそうに太獅の視線が揺れる。

「気持ちがなくても、躯は重ねられる」

「……あのなあ」

「褒められた事ではないのはわかってるが、先方も承知の上だ。他に好きな奴がいてもいいと言う相手だけを選んで試した。躯を重ねてゆけば情が湧くかと期待したんだが全然だめだったな」

「最低だな」

畳に両手を突き、太獅はうなだれる。

「わかっている。だがどうすればよかったんだ？　おまえには触れてはいけないと思っていた。私はずっと一人でいるべきだったのか？　代わりの者を求めてはいけなかった？」

問い返され、葵竜は柱に寄りかかった。首を傾けると堅い木の面にこつんと頭がぶつかる。

——まあ俺だって、他人の事は言えない。

「おまえと躯を重ねてみて、初めてわかった。おまえとするのは他の者との行為とは全然違う。愛撫しているだけで痛い程エレクトしてしまったし、中に入るとペニスが蕩けそうなくらい——」

葵竜は真っ赤になって太獅の口元を掌で覆った。

「黙れ、この変態！」

太獅がその手首を掴み、掌をするりと舐める。

「ちょ……っ」

「頼む。こんな事を言える立場でないのはわかっているが、私のものになってくれ。その為ならなんでもする。好きなんだ。おまえにそっけなくするのも、本当はつらかった」

葵竜は自分の手を取り返そうとするが、太獅は離さない。それどころか身を乗り出して顔を寄せてくる。

「おい、こら」

ちゅ、と音を立てて頬に接吻された。

一度では終わらず、二度三度と唇が押し当てられる。軽く唇を啄《ついば》んだ後、舌先で合わせ目をなぞられて、葵竜はびくりと肩を揺らした。

感じてしまったのに気が付いた太獅が葵竜を抱きしめ、甘えるように肩に頭を乗せる。

「葵竜」

「だから……っ、勝手にくちづけとか、するな……っ」

膝を踏ん張って太獅を押し戻すと、葵竜は拳で口元を擦った。

「もういい。太獅兄さんがどうしようもなく駄目な人だって事は充分わかった」

「葵竜……」

さて、どうすべきか。

葵竜は胸の前で腕を組み、太獅を見返した。

取るべき道などもとより一つしかない。二人ともまともではないのだ。太獅は葵竜の事しか目に入らないし、葵竜は太獅以外に勃たない。——他の奴を、選べない。

だがこの男の心得違いを許していたら、そのうち大変な事になる気がする。強引に抱けばなんとかなるなどと思われてはたまらない。

「何がいけなかったのかは理解したな？」

「ああ。私は急ぎすぎた」

「反省、してるのか？」

「とても」

よし。

葵竜は肩の力を抜いた。

「じゃあ最初からやりなおせ。俺が欲しいならちゃんと手順を踏んでみせろ。俺が付き合ってやってもいいと思えるように」

「……許してくれるのか？」

まじまじと見つめられ、葵竜は目を逸らす。

「余計な事を言うならやめるぞ」

太獅は即座に葵竜の手を握り締めた。

「好きだ、葵竜。つきあって欲しい」

甘い美声に葵竜は耳たぶまで赤くなった。

太獅の眼差しは真摯《しんし》だった。心から葵竜の事が好きなのだと、言葉だけでなく示そうとしている。

「よし。それから?」

偉そうに先を促すと、太獅は一瞬視線を泳がせたが、すぐに答えを見つけた。

「週末に、ぜひデートを」

「——わかった」

葵竜はそっけなく了承する。

葵竜だって子供じゃない。別にロマンチックな恋がしたいとか、そういう要求をするつもりはない。

テンプレ通りでいい。

ただどうしようもない今までを全部リセットして欲しいのだ。

葵竜の気持ちを理解したのだろう、太獅はもう葵竜に触れようとはしなかった。

「では、時間とか詳しい事は改めて連絡する」

「ん」

「久しぶりにドライブしたいと思っているが、それでいいか？」

「ああ」

「楽しみだ。今度こそ初めてのデート、だな」

最後に添えられた一言に、甘酸っぱい感情が込み上げてきた。

じゃあおやすみとだけ言って太獅が部屋を出る。葵竜もおやすみと口の中で呟いた。

太獅の足音が消えるまではよかったのだが、一人になった途端急に頭に血が上ってくる。

デート、か。

太獅と出掛けた事など子供の頃にいくらでもあるのに、妙に気恥ずかしくなってしまい、
葵竜は部屋の隅に積んであった布団に倒れ込んだ。ぼすんと一つ、布団を殴ってみる。

＋　＋　＋

演奏会が終わってから太獅《たいし》は離れを引き払い自分の家に戻っていたが、土曜日の朝にな

るといそいそと車で葵竜《きりゅう》を迎えに来た。

学生の頃、女の子とままごとみたいなデートはした事があるが、同性とは初めてだ。何をするんだろうと緊張する葵竜を、太獅は海辺の街へと連れて行く。

オフシーズンではあるが、神社仏閣《じんじゃぶっかく》が多いこの街には人通りの絶える事がない。

苔生した古い寺を参拝し、参道にずらりと並ぶ店を覗く。漆喰の白い壁が美しい土蔵《どぞう》を改装した雑貨屋は並んでいるものもセンスがいい。

途中で古民家を改装した甘味処《かんみどころ》で休憩した。あたたかい時期には外でも食事が楽しめるのだろう、広い庭の向こうに、紫陽花《あじさい》で有名な寺の境内が望める。

抹茶を楽しみながら、太獅は店のあちこちに目を走らせていた。

「今度、こういう場所を借りて演奏会をしたらどうだろう」

餡蜜《あんみつ》をつついていた葵竜は、少し驚いて周囲を見回す。いかにもそれらしい雰囲気があっていいが、ここだとそう大勢は入れない。

「内輪の小さな発表会にならいいかもな。それともまたネットで配信するのか？」

先日の演奏会は、インターネットでの中継も行い、驚く程多くの閲覧者を得ていた。

明らかに門下生だけではない。学校で箏曲の先生から聞いたという学生や、日本文化に関心のある外国人、それからＳＮＳで情報を知ったというごく普通の人たちが大勢アクセスしてくれたようだ。感激し、直接メッセージを送ってくれた人もいる。外国からＣＤを販売しないかという話も来たらしい。

これがこれから何に繋がるのかはわからないが、面白い、と葵竜は思う。

「いや。ただ稽古をして毎年同じような演奏会をするだけじゃなくて変わったイベントもあった方が楽しいだろうし、稽古にも熱が入るだろう？　小さな子なら思い出にもなる。何より、こういうところで和服で箏を弾くおまえを見てみたい」

「……俺なんか見てもつまらないだろうに」

愛しげに目を細めた太獅に見つめられる照れくささに、葵竜は顔を背ける。

この日、朝、顔を合わせてから別れるまで、太獅は紳士だった。腰を抱く事すらしなかった。

いかにも初デートらしい行儀のよさが、なんだかおかしい。

だが、これが太獅の本来の姿なのだろう。葵竜が男でなければ、『恋してはいけない相手』でなければ、望みはないと思い詰めたりしなければ、きっとあんな無茶はしなかった。

それからも葵竜たちはありふれたデートを重ねていった。回数を重ねる毎に地下牢で送った爛れた日々が遠くなってゆく気がした。

太獅は以前と変わらない、穏やかな兄のような存在に戻っている。

だが完全に同じではない。葵竜は時々なんという事もない太獅の所作に淡い欲望を覚えた。微笑まれると、苦しいくらい胸が切なくなる。

＋　＋　＋

「京雅《きょうが》、いるか？」

扉をノックすると、いきなり扉が開かれた。

「あれ、葵竜《きりゅう》？　どうしたの」

音楽を聞いていたのだろう、ヘッドホンを首にかけた京雅が部屋の中へと招き入れようとするのに、葵竜は首を振る。

「車を出してもらえないかと思って来たんだ。インターネットが使えないのが不便なんだよ」

「もう母屋のを使わせてもらえるようになったんだろう？」

「有線なんて使いづらい」

「ふうん。わかった、今から行く？」

さっさとヘッドホンを外して机に置くと、京雅はダウンコートを小脇に抱え、部屋から出てきた。

玄関を出ようとすると叔母が台所から顔を覗かせる。

「いってらっしゃい」

「いってきます」

「京雅をお借りします」

会釈をし、外に出る。

京雅の車はキュートな空色のクーペだ。いささか古い型ではあるが、乗り心地は悪くないし、ちょっとした用で出掛けるには充分だった。普段使っている大型店まで十分ほどドライブを楽しむ。

もこもこのダウンコートを着込んだ京雅は妙に機嫌がよさそうだった。

「太獅《たいし》兄さんの事、許してあげたんだって？」

運転に神経を使う住宅街の狭い路地を抜けるなり切り出され、葵竜は片方だけ眉を上げる。

「……なんで知ってるんだ」

「太獅兄さんから浮かれた電話がかかってきたんだ。随分こじれてしまってたし、どうなる事かと心配してたんだけど、よかったよ」

何から何まで話してしまう太獅に葵竜は呆れた。

「さすが親友、何でも報告しあうんだな」

「妬くなよ。太獅が僕に何でも相談するのは、僕もゲイだからだ」

「え？」

さらりと告げられた言葉に思わず目を遣った先には、京雅のいつもと変わらないはんなりとした笑みがあった。

「本当に？　じゃあ、男の恋人がいたりするのか？」

聞き間違いじゃないかと思ったのだが、京雅ははっきりと頷く。

「いるよ」

ふっと肩から力が抜けた。

「あ――……そうか、そうだったのか……」

言われてみれば色々納得できる事があった。いくら親しい相手でもそうそう相談できる事ではない。——同性に恋している、だなんて。

「葵竜が痛い目見なかったのは、僕がやり方とかをちゃんと事前に教え込んでおいたおかげなんだから、感謝してくれてもいいんだよ」

「手枷も京雅の教育のおかげか？　緋色の襦袢とか」

「それは太獅兄さんの趣味。けど、へえ、太獅兄さん、本当にそーゆーもの使ったんだ、葵竜に……」

「うあ、藪蛇《やぶへび》……」

車はゆっくりと電気屋の駐車場に入ってゆく。空きスペースに車を駐車させると、京雅はシートに寄りかかったまま葵竜へと顔を向けた。

「ああ、それから一つ忠告してあげる。口説かれて優位に立っている気でいるのかもしれないけど、あんまり太獅兄さんをぞんざいに扱ってると他に取られるよ」

「なんだよ、いきなり」

「太獅兄さん、外面《そとづら》はいいから。昔遊ばれた子たちがいまだにヨリを戻そうと必死になってるんだよね。お弟子さんの中にも一人いる」

葵竜のこめかみに青筋が立った。

「子たちって、相手は複数だったのか？　しかも門下生にも手をつけてたとは……！」

「うん。いい会社に勤めてるサラリーマンなのに、すごく可愛いんだ」

そうか。

可愛いのか。

葵竜の容姿は地味で、可愛くも格好良くもない。別にそれを引け目に感じた事はないけれど。

「葵竜？　行こう？」

気が付くと、京雅の姿はもう車の中になかった。ああと頷き、葵竜も車を下りる。

京雅が柔らかく微笑み葵竜の腕を取った。

「さて、買い物片付けなきゃね。何階だかわかる？」

「あ――――多分パソコン関連だから……」

入り口にあった掲示を眺め、二人は行き先を検討する。当たり障りのない会話をしながら店員を捕まえて必要なものを買い揃え、併設のカフェで礼代わりにお茶を奢って。

離れに戻ってネットの接続作業が終わっても、葵竜の胸はざわめいていた。

葵竜でなければ駄目なのだと太獅は言った。

やり直すと誓ってくれてから、太獅は極めて理性的だ。地下にいた時はケダモノみたいにがっついていたのに、もう随分躯を重ねていない。

まあ、セックスしてないからって他に目を向けたりするような奴とは付き合う気はないが。

——可愛いと、京雅は言っていた。

太獅がいつか好きになれればいいと望んで、躯を重ねた相手。彼らがまだ太獅に未練を残している。

葵竜は片手で頭をわしわし搔く。

なんだか無性に苛ついてきた。

——あれは俺のものだ。

葵竜がすっくと立ち上がる。コートに袖を通し、大判のストールをぐるぐる首に巻き付けながら玄関に向かう。

たまたま擦れ違った大叔母に晩飯は要らないと短く告げ外に出ると、重く垂れ込めた雲からちらちらと白い雪が舞い落ちてきた。

身を切るような寒さの中、葵竜は暗くなった路地を突き進む。

歩いて十分程の場所にある、まだ新しいマンションに到着すると、葵竜はエントランス前で三桁の部屋番号を打ち込んだ。

『はい。――どうした、葵竜？』

程なく、スピーカーから太獅の声が聞こえてくる。

葵竜は顎で両開きの自動ドアを指した。

「開けろよ」

『ああ』

小さな作動音と共にロックされていたドアが開く。葵竜はつかつかとエントランスを横切ると、エレベーターに乗った。目的の部屋の前まで辿り着くと、再びインターホンを押す。

「どうしたんだ、ここに来るなんて」

すぐ扉が開き、ラフなジーンズ姿の太獅が顔を覗かせた。

「太獅兄さんの部屋をまだちゃんと見た事なかったのを思い出したんだ」

葵竜はぐいとドアを引いて細かった隙間を広げると、無遠慮に部屋の中に入り込んだ。

太獅は困ったような顔をしたものの、躯を横にして葵竜を通した。

留学から帰ってきてから、太獅はこの部屋で一人暮らしをしていた。場所は知っていたが不仲だった為、葵竜はこの部屋を訪ねた事がない。デートをするようになってからも、太獅は襲わない自信がないからと葵竜を招こうとしなかった。

初めて訪ねた太獅の部屋は雑然としていた。単身者向けなのであまり広くないスペースに座卓や紙袋などが置いてあり、壁際には箏も立てかけてある。

「意外と散らかってるんだな」

葵竜は部屋を横切ると、脱いだ服が放ってあるベッドの上に座った。太獅が邪魔な物を端に寄せながら苦笑する。

「おまえが来るとわかっていたら片付けたんだが。何か飲むか？」

「ん」

「もう夜だし、アルコールでいいな」

玄関に繋がる短い廊下がこの部屋のキッチンを兼ねている。葵竜はベッドに寝転がって、冷蔵庫を覗き込む太獅を眺めた。

汚れそうだと思ったのだろう、藍色のニットの袖を引き上げてからチーズの塊とトマトを取り出す。

「何もないが、簡単なつまみを作るから待ってろ」

ビールの缶が一つ座卓の上に置かれる。太獅も一缶開けて口を付けると、コンロの脇に置いて包丁を取り上げた。真剣な表情でトマトとチーズをスライスしてゆく。

葵竜は片腕を枕にし、横向きに躯を丸めた。

カプレーゼを作る気らしいが、普段自分で包丁を握る事などほとんどないのだろう、手付きが危なっかしい。できあがった皿の上には、不揃いな厚さのトマトとチーズが互い違いに並んでいる。

運ばれてきた笑ってしまうほど下手くそな料理に、葵竜は唇を噛む。

ヤバい。なんか、たまらない。太獅が可愛い。

葵竜は腹筋を使って勢いよく起きあがると、ベッドから下りた。つかつかと太獅に近寄っていく。

「葵竜?」

「それ、置けよ」

手に持っている皿を取り上げ、ビールの脇に置く。それから両手でがっと太獅の頭を挟み込んだ。

「えっ、き、」

「屈め!」

太獅の方が背が高い。シンクに寄り掛かっていられると、届かない。

素直に身を屈めた太獅に、葵竜は食らいつくようにしてくちづけた。

「ん……っ、う……?」

驚いたのだろう、されるがままになっている太獅の口の中に舌も入れる。

気が済むまで味わってから解放してやると、太獅は熱い溜息をついた。

「……どうしたんだ？」

掠れた囁きに、葵竜はそっけなくそっぽを向く。

「どうしたんだと思う？」

質問に質問で返され困ったようだったが、太獅はそろそろと葵竜の腰を抱いた。

拒否されないとわかると、葵竜の耳元に口を寄せる。

「……酔っぱらっているのか？」

肌に触れる吐息がくすぐったくて葵竜は首を竦めた。

「まだ飲んでないだろ」

「では私としたくなったのか？」

葵竜はすぐ横にある太獅の顔をちらりと盗み見た。

耳元で囁かれただけで血が騒ぎ始める。

離れにいる間は毎夜欲を吐き出していたのに、演奏会が終わってから一回もしていないのだ。

――欲しい……。

唇が震える。

「葵竜？」

躯中、その舌で舐めて欲しい。

硬くなったモノに貫かれ、滅茶苦茶に揺さぶられたい。

ああ……。

葵竜は太獅の腕を掴み、力任せに引っ張った。ベッドの傍まで行くと、おとなしく付いてきた男を突き倒す。

大柄な男の体重を受け、スプリングが軋んだ。

葵竜もベッドに乗り上がると、仰向けに倒れた太獅の上に跨《また》がる。

ボタンを外すのももどかしく、ざっくりとした編み目のカーディガンを脱ぎ捨て、次いでカットソーも頭から抜いた。上半身裸になってから起き上がろうとしていた太獅の肩を押し戻し、唇を奪う。

「ん、う――――」

太獅に教えられた通りに、舐めて。吸って。

角度を変えながら貪っていたら、下から伸びてきた手にぐいと腰を掴まれた。

体勢がひっくり返され、今度は葵竜が太獅の下に敷かれる。手首をシーツに押しつけら

れ、葵竜は貪る側から貪られる側になった。

「んんん、ん……っ」

磔《はりつけ》にされた葵竜の躯に、太獅の躯が密着する。ごり、と硬くなった下腹を擦り付けられ、葵竜は思わずくぐもった叫び声を漏らした。

「んん……っ」

「葵竜。いいんだな……？」

くちづけをほどいた太獅が確認する。

こくりと頷くと、太獅が目を細めた。

「葵竜………っ！」

キスを、される。

欲望を剥き出しにした、うんと熱くて腰にクるような、キスを。

口の端からうまく飲み込めなかった唾液がとろとろと零れる。

太獅はとろんとなってしまった葵竜を満足げに見下ろし、抱き締めた。

「――ありがとう、葵竜」

「え……」

感極まったような溜息に、葵竜は惚けた顔で首を傾げる。

「ありがとうって何が」

「私を、許してくれて。——嫌わずにいてくれて」

きりりとした美貌がだらしなく緩んでいる。葵竜は小さく笑った。

「いや、それを言うなら、俺も意固地だったかも」

「いきなり同性に求愛されたんだ、戸惑って当たり前だ。私も余裕がなかったとはいえ、強引だった。私にとってはおまえが唯一だが、おまえはそうではないんだからな」

「何言ってんだ。俺にとっても太獅兄さんがその、唯一に決まってんだろ。他に誰かいるのに、こんな事をする訳がない」

「そう、なのか？」

何か言いたげに太獅が言葉を濁す。葵竜は首を傾げた。

——なんだ？

「太獅兄さん？　言いたい事があるなら、言いなよ」

太獅は落ち着きなく視線を揺らした。

「……以前ファミレスで会っていた女性は？」

あ、と葵竜は小さな声を漏らした。木崎について種明かしするのを忘れていた。

「彼女は単なる友達だ。恋愛感情なんてない」

「それにしては親密なようだったが。……いや、すまない。文句をつける気はないんだ。過去におまえがどんな女性と付き合っていても仕方がない。私はおまえに何も言わなかったのだからな」

切なげに微笑む太獅に葵竜は半眼になった。

「本当に、友達。大体俺は女相手だと駄目だったし」

「……駄目とは、どういう意味だ？」

「駄目ってのは……駄目って意味だ。これ以上聞くな」

「ではもしかして葵竜は童貞なのか？」

葵竜は真っ赤になった。

「うるさい！　聞くなって言っただろ!?」

「ああ、葵竜……！」

熱烈なくちづけに襲われ、葵竜は目を伏せた。葵竜としては恥ずかしくて逃げたい気分だが、太獅は嬉しかったらしい。次いで葵竜を舐め始める。首筋を這い、鎖骨を越えてきた舌に胸元の薄紅の粒を嬲《なぶ》られ、葵竜は身を捩った。

「ちょ……っ」

ぎしりとベッドが軋む。

葵竜は相変わらず舐められるのに弱い。

尖らせた舌先でくりくりと粒を転がされると、腰にまで甘い疼きが広がった。

太獅を引き剥がしたいが手首はまだ押さえつけられており、葵竜はなされるままだ。

「ああ……っ、た、太獅……。ばか、も、そんな……っ、舐めんな……。犬じゃないんだぞ……っ」

喘ぎ声の合間を縫って途切れ途切れに訴えると、太獅が意地の悪い笑みを浮かべた。

「なぜだ？　葵竜は私に舐められるのが好きなのだろう？」

う。

葵竜は言葉を詰まらせる。

その通り、厭じゃない。気持ちがいい。もっとしてもらいたい。

首まで赤く染め、葵竜は太獅から目を逸らす。

「では舐めない方がいいのか？」

耳元で囁かれ、葵竜は思わず目を見開いた。

「だ……っ、駄目だ……！」

くすりと笑った太獅が、葵竜の顎に舌先を滑らせる。

「では『舐めて』とねだれ。どこを舐めて欲しいのかも教えてみろ」

とんでもない要求に葵竜は唇を噛んだ。

期待に満ちた太獅の眼差しが痛い。

でも。

――太獅の舌。

それは葵竜がずっと夢見ていた性的妄想そのもので。

ねだれば本当に舐めてもらえるのだと思うと、じくじくと躯の芯が疼く。

「全部だ。……全部、舐めて欲しい」

どこ、なんて決められない。太獅に舐められると葵竜の躯はどこもかしこも性感帯になってしまう。

太獅は望み通り葵竜の全身に舌を這わせてくれた。

腹筋に足の間。ふくらはぎにつま先まで。最後に葵竜の手にくちづけ、太獅はベッドから下りた。

ベッドの下から引っ張り出された平たい箱から、いつもの潤滑液が詰まった小さなパッケージが取り出される。

「太獅兄さん、それは……」

もう媚薬なんかいらない。

難色を示す葵竜の隣に太獅が腰を下ろした。

「間が空いたから使った方がいい」

「う……そう、か……？」

葵竜は寝そべったままベルトを外す。下着ごとパンツを引き下ろして床に投げたところでベッドがぎしりと揺れた。

「四つん這いになれ」

「……ん」

全裸になった葵竜が言われた通りの姿勢を取ると、太獅が期待に疼く尻の肉を掴み、秘所を広げる。

「力を抜くんだ」

大きく息を吐き、葵竜は無機質なチューブが入ってくる感触に耐えた。いつもと同じように薬液が注入される。

それが抜き出されてほっとしたのも束の間、つるりとしたひっかかりのない形状をした物が押し込まれ、葵竜はびくりと躯を緊張させた。とっさに括約筋を絞ったのも虚しく、それは葵竜の腹の中へと入っていってしまう。

「何、を……っ」

「これも気持ちよくなれるものだ」

かちりという音が聞こえた後、埋め込まれた物がぶうんと震え始めた。

小さなそれを太獅の指先が更に奥へと押し込む。

ローターだ。

「ひ、あ……っ」

すごく感じる場所を細かい振動で責められ、葵竜は、仰け反った。

「取ってはいけない」

そう命じ、太獅が悠然と服を脱ぎ始める。身悶えする葵竜を目で楽しみながら。

どうしよう……。

葵竜は唇を噛む。

こんなもの使われて、腹立たしいし恥ずかしい。

太獅には取るなと言われたが、別に拘束されている訳ではない。自分で抜いてしまえばいいと、葵竜はそろそろと蕾から伸びるコードを手にとってみたが、引っ張る勇気が出なかった。

ひどく淫《みだ》らに見えるだろうと知りつつも、葵竜は腰をよじって快感を逃そうとする。せめてローターの位置を変えたいと力んでみたが、逆に振動をより強く感じてしまい、悶絶《もんぜつ》する羽目になった。

「う……く……っ」

淫蕩《いんとう》に躯をくねらせる葵竜に、太獅は目を細める。

「すごく色っぽくてそそるぞ、葵竜」

「あんたは……本当に、いつも、なんでこーゆーモノを……っ」

葵竜が潤んだ瞳で睨みつける。太獅は心底愛おしそうに囁いた。

「葵竜が玩具《おもちゃ》に責められてよがり泣くところが見てみたかったから」

あー……。

駄目だ、この人。いけてるのは見た目だけだ。本当に何もかもがどーしょーもない。

でもだからといって嫌いになれないあたり、葵竜も終わっている。

カチリと小さな音がすると、振動は幾分弱くなった。細いコードがついているコントローラーを枕元に投げると、太獅は葵竜の肩を押し、仰向けにした。葵竜の中心部は既に硬くそそり立ち、とろとろと露を溢れさせている。

「していいんだろう?」

長い腕に抱き込まれ、葵竜は躯の力を抜いた。

「ん」

優しいくちづけに、情愛の籠もった愛撫。ゆっくりと進められる行為に葵竜は酔う。

固く締まってしまった葵竜の肉を解す太獅の指遣いはもどかしいほど優しく、乱暴なところなど欠片もなかった。熱を持った場所を太獅の指が掻いてくれるのがたまらなく気持ちいい。必死に劣情を堪えているのだろう、いつも冷ややかな瞳に切迫した色が浮かんでいて、葵竜は小さく笑った。

「なあ、早く……」

足の間に手を伸ばし、後ろを慣らしている手に重ねると、こくりと唾《つば》を飲み込む音がする。

「葵竜……っ」

ずぷんと指が抜き出され、太獅が性急にのしかかってきた。まだ震え続けているローターは出さないまま、太獅が濡れた切っ先をひたりと入り口にあてがう。

「え、ちょ……っ」

熱く脈打つ太いモノが、感じやすい肉壁をみちみちと押し広げ入ってくる。

太獅が沈んでくるにつれ、小さなローターは奥へと押し込まれてしまった。

「う、あ……そんな……」

段違いの深さに、葵竜は怯える。

根本まで埋めると、太獅はうっとりと目を細めた。

「……ずっとこうしていたいな……」

「あ……あ……っ」

太獅が所在なく枕を握っていた葵竜の手を拾い上げ、まるでお姫様にでもするように
ちゅっと音を立て接吻した。ちろりと舌が閃くのが見える。

「あ……」

思わず引こうとした手を太獅が強く握り締める。指の間にねっとりと舌先を這わされ、
葵竜は喉を反らした。太腿がきつく太獅の腰を挟み込む。

「あ、あ……」

手を舐められているだけなのに、どうしてこんなにいいんだろう。

ひゅっと小さな音を立て、太獅も息を呑んだ。葵竜の中が収縮し、太獅の猛りを締め付
けたからだ。

押しつけられたローターが、太獅と葵竜を同時に責める。

だが太獅は愛撫を止めない。葵竜の手が唾液塗《まみ》れになるまで舌で舐め続ける。

「ひ、う……」

葵竜はもぞもぞと腰を動かし、爪先でシーツを掻いた。

その動きは小さかったが、腹にはぐっと力が込められたままだ。

柔らかな肉で揉み込まれたような快感を得たのだろう、太獅の舌が動きを止める。

「そんなとこばっか舐めてないで、いい加減動け」

べたべたになってしまった掌で太獅の高い鼻梁を押し返すと、太獅はようやく葵竜の手を離した。何かに憑かれたような目で葵竜の腰を鷲掴みにし、腰を引く。

「あ――――」

それから一気に貫かれ、葵竜はのたうった。

「あ、あ……っ」

一度二度、三度、四度。

肉壁を抉るようにして太いモノが突き入れられる。

更に深いところをローターでいじめられ、葵竜はよがり声を抑えられなくなった。

「く、あ……っ、たい、し、にい……っ、ああ、あ……ひ……っ」

シーツを掻き毟り、葵竜は震える。肉がひくひくと痙攣し太獅のモノを食い締める。

――すごい、イイ……！

快楽が、臨界点を超えた。

ぱん、と。頭の中で何かが破裂する。理性とか羞恥心《しゅうちしん》とか男としての矜持《きょうじ》とか、それまで後生大事に抱えていたものが全部消え、葵竜は無我夢中で太獅を求めた。

「ああ……っ、ソコ……！　ソコ、イイ……っ！　ああ、もっと。もっと、太獅兄さん……っ」

躯の奥で、太獅が更に膨れ上がったような気がした。

「葵竜……っ」

躯の奥に熱いものが放たれる。

ほとんど同時に葵竜も極めた。

目も眩むような快楽に襲われ、言葉もなく全身を戦慄《わなな》かせる。

「葵竜……葵竜。愛している。愛している、愛している――」

まるで噛んで含めるように同じ言葉を繰り返し囁きかける太獅の声が遠く聞こえた。

ああ、今、太獅とヤってんだなと、葵竜は強く意識する。

荒い息をつきながら太獅が葵竜の上から退く。少しぐらい休めばいいのに、まだ足りないとばかりに繰り返し額に接吻しようとするのを、葵竜は素っ気なく押しのけた。

「ローター、早く出せ」

葵竜の中ではまだ小さな玩具が動き続けている。達したばかりで敏感になっている躯を執拗に刺激されるのはつらい。

「まだ感じているんだな、葵竜」

「嬉しそうな顔してないで、さっさとスイッチを切れよ」

「よがっている姿を見られるのが恥ずかしいのか?」

「あたりまえだろ」

「困ったな。私は見たい」

「太獅兄さん!」

葵竜の怒りを逸らそうと想ったのか、ぐいと太獅がローターのコードを引いた。性具がずるりと動く感覚に、葵竜は思わず息を飲む。

「すごい抵抗だな。がっちり食い締められてる。まだ離したくないみたいだ」

葵竜はきっと太獅を睨みつけた。太獅が苦笑する。

「怒るな。今出してやる」

ゆっくり、ゆっくり、ローターが引き抜かれる。

弱い振動の源が最も感じる場所までくると、葵竜は唇を震わせた。

「太獅、兄さん……」

「おいで」

葵竜は太獅に縋りつく。広い背中に両手を回し、蕩けるような快楽に耐える。

最後に白濁に塗れた玩具がぽとりとシーツの上に落ちた。

「そら取れた」

太獅はそう言って微笑むが、長い時間をかけて肉洞《にくどう》を嬲られ、葵竜はすっかり高ぶってしまっていた。

「太獅、兄さん……っ」

葵竜はしがみつく腕に更に力を込め、硬くなったモノを太獅の躯に擦り付ける。

「もう一度するか？」

……せざるをえない状況にあんたがしたんだろうと思いつつも、葵竜には頷く他ない。

歯噛みしつつも足を太獅の腰に巻き付け、入れろとねだる。

「早く」

「ん、葵竜」

抱き合ったまま深々と貫かれ、葵竜は戦慄く。

エピローグ

「──で。うまい事収まったってわけ。よかったね、太獅兄《たいし》さん」

煙草を片手に、京雅《きょうが》が華やかに微笑む。

カウンターに寄りかかり、太獅はワイングラスを傾けた。

京雅と飲む時は家飲みか、この店で立ち飲みの二択と決めている。座った方が落ち着くが、京雅は自制するという事を知らない。際限なく飲んで潰れられるのに太獅はうんざりしていた。その点立ち飲みなら醜態を晒す程飲めない。足に来た時点でタクシーに放り込める。

「押し倒されて、ゾクゾクした。あの子があんなにも私を求めてくれるようになるとはな」

「葵竜《きりゅう》も大変だ。こんな変態に付き合わされる事になっちゃうなんて」

「ふふ」

オリーブに歯を立て、太獅はほくそ笑む。

葵竜は生まれた時から可愛かった。

まだほんの小さな頃から、太獅は葵竜を溺愛していた。

子供特有の高い体温。打算など欠片もない、きらきら輝く瞳。太獅の姿を見ると何もかも投げ出してすっ飛んで来て、全身で好きだと表現する。

可愛くて可愛くて、可愛い。

だが葵竜が成長してゆくにつれ、太獅の認識は変容してゆく。

たまたま箏を演奏させてみて、太獅はまだ拙さが目立つものの胸に染み入る箏の響きに驚嘆した。

既に太獅は自分の演奏には技術ばかりで、色艶が足りない事を知っていた。もう何十年か研鑽すれば葵竜のような表現ができるかもしれないが、その頃にはこの子はもっと上手になっている事だろう。

嫉妬は感じない。ただ、純粋に興味を覚えた。太獅にとって葵竜は、それまでのようにただ愛でればいいか弱い子供ではなく、無限の可能性を秘めたびっくり箱へと変化したのだ。

葵竜の両親は優秀な人ではあったが、子育てには不向きだった。

葵竜は頑張っても頑張っても褒められる事なく、黒橡《くろつるばみ》のお屋敷の子だからと更に上を求められ、酷く萎縮《いしゅく》していた。

——ぼくはぜんぜんおとうさんやおかあさんのいうとおりできない。

——おとうさんもおかあさんも、ぼくにがっかりしている。

本当はそんな事ないのだが、幼い葵竜にわかる筈がない。そして苦しみに比例するかのように、葵竜の箏の音色は豊かになっていった。

自分をしのぐ才能を開花させようとしている葵竜が小鳥のように震え愛情を求める様は哀れで、愛おしさが募る。

葵竜の子供っぽい肢体に劣情を覚えるようになったのは、太獅が高校生になった頃だ。今もそうだが、その頃から太獅はもてた。擦り寄ってくる女は引きも切らない。だが太獅の目にはどの女もさして魅力的に映らなかった。

どんな女より葵竜の方が可愛い。葵竜の中性的なすんなりとした肢体の方が、豊満な女の躯より余程魅力的だ。

そんな己に気付いた時、まずいな、と太獅は思った。子供に欲情するなんて変態だ。

とはいえ、葵竜に手を出す気など太獅にはなかった。衝動に負けるような愚かな人間であるつもりもなかった。いつかその衝動が消えるまで、これまでと同じように淡々と日は過ぎてゆくのだろう。そう思っていたのに、ある時、太獅は己を買いかぶっていたらしい事に気が付いた。

その日、葵竜は沈丁花《じんちょうげ》の茂みに隠れて泣いていた。複雑そうな顔をした葵竜の父親に、おまえの方が懐かれているからと頼まれ葵竜を探しに行った太獅は、切ってしまったという葵竜の指を舐めてやった。

それだけなら何も特別な事などない、小さな子供の相手をしていればよくあるありふれたエピソードだ。

だが、いきなり手を振り払われ、太獅は目を見開いた。

怯えたように後退る葵竜の目に、太獅は艶めいた色を見た。この子は本能的に察知したのだろう、太獅の中に穢らわしい雄が潜んでいる事を。

太獅の中でそれまで知らなかった危険な衝動が膨れ上がる。

――逃げる子供の細い手首を掴んで無理矢理引き戻して傷口に歯を立ててやりたい。きっとこの子は泣くだろう。細い声を発する桜桃《さくらんぼ》のような唇は唇で塞いでやればいい。沈丁花の茂みの中に引きずり込んでしまえば、きっと誰にも気付かれない――。

妄念に囚われていたのはほんの短い間だったが、自分が本当に葵竜に手を伸ばそうとしていた事に気が付き、太獅は愕然とした。

その頃の太獅は家でも学校でも優等生で、だからこそ理解できなかった。何故自分の中にこんな馬鹿げた衝動が生まれたのか。

わかっていたのはただ一つだけ。

――このまま傍にいたら、自分はこの子を傷つけてしまうかもしれない。

「葵竜はこれからも離れに住むのか？　あっちは風呂もないし、不便だろう？　母屋には家を出るまで暮らしていた部屋もあるのに」

「だが母屋では好き勝手できないからな。堂々と私の部屋で同居する口実《こうじつ》を、今探しているところだ」

一日だって傍から離したくないのだと、太獅は微笑む。

――留学先での生活は平穏だった。太獅はしっかりと己をコントロールし、日々を過ごした。だからもう大丈夫だと思ったのだが、とんでもなかった。

帰国し、再会した葵竜は、成長していた。

甘えたな雰囲気が消え、身長が伸びている。取り立ててハンサムな訳ではないが、落ち着きのある大人の顔を獲得《かくとく》しつつあるようだ。

葵竜がもはや自分なしでも生きてゆけるようになってしまった事に気付き、太獅は動揺した。自分でそうなるよう仕向けたくせに、当然の帰結が受け入れられない。この腕の中に囲い込み閉じこめてしまいたいなんて理不尽《りふじん》に思ってしまう。

己を戒《いまし》める為にもそっけなくあしらうと、葵竜はひどく傷ついた顔を見せた。いたいけな表情に、全身が鳥肌立った。

大人になった葵竜はかつてと変わらず――いやかつて以上に、太獅の劣情を掻き立てた。傍にいる事を許したら、何日も経たないうちに犯罪を犯してしまいそうだった。だから太獅は逃げた。

「あんまり飛ばしていかない方がいいよ。僕も大概だけど、太獅兄さんの思考っていきすぎてるところがあるから。本性出していくと引かれる」

「もう充分変態だと思われているようだが」

「本当に？」

「ああよくそう言って罵られる」

可愛い可愛い葵竜。

離れに移ってからも太獅は自制しようと努力していたのだが、朝早く、淫らな姿で自慰してる葵竜を盗み見てしまったら、箍《たが》が外れた。

――おまえが悪いんだよ、葵竜。京雅に可愛い伝言を頼んだりするから。そして私がいる事に気付かず自らを慰めたりするから。

葵竜を地下牢に閉じこめていた日々は、太獅にとって至福だった。

葵竜にとってはたまったものではなかったろうとわかっている。だがあそこでは葵竜は太獅だけのものだった。

汗ばんだ肌、岩壁に反響する押し殺した喘ぎ、乱れた緋色の襦袢の中、なまめかしく浮かび上がる葵竜の四肢――。

感じやすい部位を舐めてやった瞬間、恍惚と身を震わせる葵竜の姿を思い返すだけで力が滾る。

「あー、ごめん太獅兄さん、なんかハニーから呼び出しメールが来ちゃったんだけど…」

京雅が携帯を手に申し訳なさそうな顔をする。太獅は鷹揚に微笑んだ。

「私の事など気にしないで行けばいい」

「ごめん」

京雅は恋人を熱愛している。数枚の紙幣をカウンターに置きいそいそと店を出て行く京雅に、太獅は同じ血を感じた。

何よりも恋人が大事。後の事はどうでもいい。

太獅はまだ半分ほど残っているワインをゆったりと啜る。

京雅のようにハニーと呼んだら、葵竜は怒るだろうか。

――あんたちょっとどっかおかしいんじゃないのか。

そんな風に罵る様がまざまざと脳裏に浮かび、太獅は小さく笑った。

■あとがき■

こんにちは。成瀬かのです。

この本を手にとってくださって、ありがとうございます！


今回はお箏《こと》が題材のお話です。

お箏は高校生の時、学校の授業（?）で数時間触った経験がありましたが、覚えているのは弦を押さえる指が痛かった事ばかり。

太獅たちが暮す離れは、高校でお稽古に使われていた建物からイメージを膨らませました。もちろん地下牢などありませんでしたが、由緒ある古い建物で今にも床が抜けそうでした。

お話の舞台はこういう記憶の断片を引っ張り出して改変して使う事が多いです。

お箏を習う方はもれなく三味線もやらねばならないようなのですが、このお話ではあえて割愛しました。

挿絵は雨澄ノカ様！　シャープで麗しい太獅をありがとうございます。厭そうな葵竜に萌えました！

お箏について教えてくれた友人たち、関係諸氏にも感謝を。
何よりこの本を買ってくださった皆々様、ありがとうございました。
それではまた、次の本でお会いできる事を祈りつつ。

http://karen.saiin.net/~shocola/dd/dd.html　成瀬かの

初出
「残念な情熱」書き下ろし

CHOCOLAT
BUNKO

この本を読んでのご意見、ご感想をお寄せ下さい。
作者への手紙もお待ちしております。

あて先
〒171-0021東京都豊島区西池袋3-25-11
CIC IKEBUKURO BUIL 5階
(株)心交社　ショコラ編集部

残念な情熱

2014年2月20日　第1刷

著　者:成瀬かの
発行者:林 高弘
発行所:株式会社　心交社
〒171-0021　東京都豊島区西池袋3-25-11
CIC IKEBUKURO BUIL 5階
(編集)03-3980-6337 (営業)03-3959-6169
http://www.chocolat_novels.com/
印刷所:図書印刷 株式会社

砂の国の鳥籠

何も思い出さずに、俺の傍にいてくれ──。

日本人の青年ハルが目覚めると、そこは砂漠の王国ザハラムだった。記憶を失い衰弱した躯で、「友達」だと言う隻眼の男──イドリースの屋敷に設えられた、巨大な鳥籠の中で眠っていたのだ。異様な状況でも、イドリースが姫君にかしずくように世話をしてくれるから、怖くはなかった。だが回復するにつれ、なぜ彼がただの「友達」を鳥籠に閉じ込めるのか、なぜ昏い情熱をたたえた目をハルに向けてくるのか、幾つもの疑問が生まれ──。

成瀬かの

イラスト・三枝シマ

俺はくまちゃん

成瀬かの
イラスト・友江ふみ

「恋のおまじない」?――いや、これは呪いだ。

学校一可愛い後輩・瀬戸内蓮の告白を拒否して以来、藤城大和は妙な夢に悩まされていた。蓮の部屋で起こる事を、ただ「見て」いるのだ。大和への恋心を熱く語る蓮、隠し撮りした大和の写真に興奮する蓮、大和のため早起きして弁当を作る蓮…。変にリアルな夢を訝しんで蓮の家に押しかけた大和は、蓮がやらかした「恋のおまじない」のせいで、寝ている間、自分の意識が蓮のテディベアに入っている事を知るが――。

小説ショコラ新人賞 原稿募集

賞金

大賞…30万
佳作…10万
奨励賞…3万
期待賞…1万
キラリ賞…5千円分図書カード

大賞受賞者は即デビュー
佳作入賞者にもWEB雑誌掲載・電子配信のチャンスあり☆
奨励賞以上の入賞者には、担当編集がつき個別指導!!

第七回〆切
2014年4月11日(金) 消印有効
※締切を過ぎた作品は、次回に繰り越しいたします。

発表
2014年7月下旬 小説ショコラWEBにて

【募集作品】
オリジナルボーイズラブ作品。
同人誌掲載作品・HP発表作品でも可(規定の原稿形態にしてご送付ください)。

【応募資格】
商業誌デビューされていない方(年齢・性別は問いません)。

【応募規定】
・400字詰め原稿用紙100枚〜150枚以内(手書き原稿不可)。
・書式は20字×20行のタテ書き(2〜3段組みも可)にし、用紙は片面印刷でA4またはB5をご使用ください。
・原稿用紙は左肩をクリップなどで綴じ、必ずノンブル(通し番号)をふってください。
・作品の内容が最後までわかるあらすじを800字以内で書き、本文の前で綴じてください。
・応募用紙は作品の最終ページの裏に貼付し(コピー可)、項目は必ず全て記入してください。
・1回の募集につき、1人2作品までとさせていただきます。
・希望者には簡単なコメントをお返しいたします。自分の住所・氏名を明記した封筒(長4〜長3サイズ)に、80円切手を貼ったものを同封してください。
・郵送か宅配便にてご送付ください。原稿は原則として返却いたしません。
・二重投稿(他誌に投稿し結果の出ていない作品)は固くお断りさせていただきます。結果の出ている作品につきましてはご応募可能です。
・条件を満たしていない応募原稿は選考対象外となりますのでご注意ください。
・個人情報は本人の許可なく、第三者に譲渡・提供はいたしません。
※その他、詳しい応募方法、応募用紙に関しましては弊社HPをご確認ください。

【宛先】 〒171-0021
東京都豊島区西池袋3-25-11
CIC IKEBUKURO BUIL5F
(株)心交社 「小説ショコラ新人賞」係

CHOCOLAT BUNKO